Le Revenant d'Albanie

DU MÊME AUTEUR

SÉRIE : LES AVENTURES D'AUREL LE CONSUL

Le Suspendu de Conakry, Flammarion, 2018 ; Folio, 2019
Prix Arsène Lupin
Les Trois Femmes du consul, Flammarion, 2019 ; Folio, 2021
Le Flambeur de la Caspienne, Flammarion, 2020 ; Folio, 2022
La Princesse au petit moi, Flammarion, 2021 ; Folio, 2023
Notre otage à Acapulco, Flammarion, 2022 ; Folio, 2025

suite en fin d'ouvrage

Jean-Christophe Rufin

Le Revenant d'Albanie

Les aventures d'Aurel le Consul

CALMANN LÉVY NOIR

Couverture
Création graphique : Carole Schilling Design
Illustration : © Miles Hyman

ISBN 978-2-7021-8755-5

Prologue

Marc Lumière détestait la montagne. Pourtant, en garant sa voiture au col des Montets, au-dessus de Chamonix, il était heureux.

Le paysage de rochers gris, les pentes couvertes de rhododendrons nains, l'ombre violette des vallées lui rappelaient de mauvais souvenirs. Heureusement, ce n'était pas pour la montagne qu'il était là. Il s'apprêtait à vivre un des moments les plus importants de sa vie. Après les épreuves de ces dernières années, ces pertes, ces deuils, il avait l'espoir de retrouver enfin le bonheur.

Il se força à visiter sans enthousiasme le Chalet de la réserve des Aiguilles-Rouges, en regardant sans cesse sa montre. Quand le cadran marqua quatorze heures quarante-cinq minutes, il regagna sa voiture, redescendit un kilomètre et s'arrêta sur le parking de Tré-le-Champ.

Il grimpa quelques mètres sur un étroit sentier pour atteindre une plate-forme de gazon. De là, on avait une vue imprenable sur l'aiguille Verte et, au loin, le mont Blanc. Des touristes en short observaient les sommets à la jumelle. Le soleil de juillet faisait étinceler la couronne des glaciers.

Comment peut-on aimer ces lieux désolés ? pensait-il. Il avait trop souffert jadis, dans le pays de son enfance, des rigueurs de la vie montagnarde. La seule chose admirable pour lui était la lumière, d'une netteté presque coupante. Lumière ! Il aimait d'autant plus ce nom qu'il n'avait pas toujours été le sien.

En contrebas, sur la route, circulaient des voitures et des motos. Il était le seul, sur ce promontoire, à garder les yeux fixés non pas sur le paysage, mais sur la circulation. Il attendit plusieurs minutes. Une moto de grosse cylindrée s'arrêta. Le conducteur casqué en descendit et calmement cala l'engin sur sa béquille. Lumière était troublé que ce fût un homme. Il le regarda s'approcher, sans se décider à s'enfuir. Quand le motard ôta son casque, il était trop tard. Un pistolet en acier brillait dans sa main.

Lumière comprit.

Au lieu de la renaissance qu'il espérait, il rencontrait la mort.

I

— C'est un grand bonheur de vous revoir, Aurel !

La voix gasconne du sénateur Mauvignier résonnait dans la cour du palais du Luxembourg. Il était venu lui-même accueillir son visiteur à la sortie du sas de contrôle. Aurel ne s'attendait pas à cet honneur et il avait pris son temps pour remettre les vêtements qu'il avait dû déposer sur le tapis du scanner. Il se hâta d'enfiler sa veste en tweed, en cherchant nerveusement la manche.

Le sénateur dominait Aurel de sa masse, la bedondaine en avant, son éternel chapeau enfoncé jusqu'au milieu du front. Comme on était à la fin de juillet, il avait choisi le panama qu'il mettait d'habitude pour lire dans son jardin.

Enfin rhabillé, Aurel suivit le sénateur à travers la cour pavée jusqu'à l'entrée d'un bâtiment proche. Quand la porte s'ouvrit, un puissant fumet de cuisine les enveloppa. On percevait dans les salles un brouhaha de conversations et des serveurs en tablier blanc passaient en se dandinant, le plateau sur l'épaule.

— Vous êtes déjà venu au restaurant du Sénat ?

— Jamais.

— C'est un grand tort, que nous allons incontinent réparer.

Avec son accent du Tarn et sa couperose aux joues, le parlementaire était en lui-même un hommage à la bonne chère. Sa mine réjouie témoignait favorablement de la qualité de la maison.

Ils montèrent à l'étage et traversèrent une vaste salle pleine de monde. Les convives étaient en majorité des hommes d'un certain âge à la silhouette alourdie. Engoncés dans des costumes croisés, ils avaient accroché leur serviette à leur cou. Ils passèrent ensuite près d'un groupe plus jeune qui comptait plusieurs femmes en son sein ; les hommes avaient le col ouvert et certains étaient en manches de chemise. Tous parlaient bruyamment et riaient fort. Mauvignier avança sans les saluer et leur lança un regard mauvais. Quand ils furent installés, à l'écart dans un coin, il se pencha vers Aurel.

— La réforme du Sénat a un peu changé notre population, fit-il en secouant ses badigoinces d'un air désapprobateur.

Puis, sur un ton plus bas :

— Des sénateurs d'extrême gauche ! Un peu bizarre, l'association de ces deux mots, vous ne trouvez pas ? Comme si on disait : une chambre au Ritz avec les toilettes sur le palier.

Il fut secoué d'un rire caverneux qui semblait sortir d'un aven des Causses. Aurel se dit qu'il avait bien fait de porter une cravate. Sollicité par le serveur, Mauvignier commanda des menus et deux bouteilles de vin.

— Le rouge, c'est pour moi. Mais je crois me souvenir que vous préférez le blanc…

Il se cala sur sa chaise et dévisagea Aurel.

— Vous n'avez pas beaucoup changé depuis Bakou. Meilleure mine, peut-être. J'imagine que c'est le soleil du Mexique.

— Je suis rentré la semaine dernière.

— Je sais. Figurez-vous que depuis notre rencontre en Azerbaïdjan[1], j'ai suivi attentivement votre carrière.

Le mot de carrière, appliqué à la désastreuse errance d'Aurel dans des postes minables, aurait pu être pris comme de l'ironie. Mais Mauvignier n'était pas du genre à juger les hommes selon les critères de la haute administration, qu'il n'omettait jamais de qualifier de « parisienne ». Son bon sourire montrait qu'il avait pour Aurel une sincère affection.

— J'ai longtemps attendu de pouvoir vous manifester ma reconnaissance pour ce que vous avez fait pour moi, dit-il. (Puis, en laissant passer un temps, il ajouta d'une voix forte :) Maintenant, c'est chose faite. Je viens d'être nommé président de la commission des Affaires étrangères du Sénat.

— Toutes mes félicitations, s'exclama Aurel, en s'inclinant si cérémonieusement que son front buta contre son assiette.

Mauvignier leva la main pour couper court à toute flagornerie. Aucun compliment ne se hausserait jamais jusqu'à la hauteur de l'admiration qu'il nourrissait pour lui-même. Alors, autant rester simple.

— Figurez-vous, reprit-il pour revenir au concret, que je conçois surtout ce poste comme un moyen de rendre justice. Vous n'ignorez pas qu'avant d'être élu j'avais un cabinet d'avocats. La justice, c'est ma grande passion. La vôtre aussi, je crois ?

1. Voir *Le Flambeur de la Caspienne.*

Combattre une injustice était en effet le seul moteur qui pût encore motiver Aurel à agir. Rétif à toute forme de travail, surtout dans la diplomatie qu'il servait par les hasards de la vie, il était capable de se surpasser dès qu'un être faible était injustement accablé. Il ne supportait pas de voir un innocent accusé, un coupable en liberté, un corrompu recevoir des honneurs. Hélas, le malheur voulait que ces occasions où il révélait tous ses talents étaient aussi celles qui lui avaient valu le plus d'ennuis.

— Vous vous demandez sans doute en quoi présider une commission parlementaire peut donner l'occasion d'œuvrer pour la justice.

Le serveur avait apporté les vins et Aurel fut dispensé de répondre, car il était occupé à boire d'un trait son premier verre. Mauvignier n'attendait de toute façon pas de réplique et il poursuivit.

— Je vais vous le dire et vous le comprendrez d'autant mieux que vous êtes directement concerné.

Il saisit à son tour son verre avec sa grosse main au doigt de laquelle brillait une lourde chevalière en or jaune gravée à ses initiales.

— La justice, reprit-il d'une voix forte, celle-là même qui lui avait assuré les suffrages de son canton rural, c'est de nommer aux meilleurs postes les sujets de valeur et non pas les pistonnés, les copains, les hypocrites.

Il abordait là un de ses combats favoris et dans sa bouche les *r* roulaient comme des tambours de guerre.

— Vous par exemple, poursuivit-il en lançant à Aurel un regard terrible, un homme d'une qualité exceptionnelle que j'ai vu moi-même à l'œuvre dans les lieux les plus secrets et les plus dangereux d'une capitale étrangère…

Aurel baissa les yeux en se remémorant la tournée des bars louches et des salons de massage dans laquelle il avait entraîné Mauvignier à Bakou et qui avait valu au sénateur de rentrer avec une croix occitane tatouée au henné sur la fesse gauche.

— … comment, dis-je, un tel homme peut-il végéter dans des postes subalternes et surtout dans des pays lointains ? Des pays, je le dis sans mépris, d'une importance secondaire.

Le vieux radical jeta un coup d'œil venimeux vers la table des gauchistes comme s'il les tenait pour responsables des turpitudes des services publics dont ils se prétendaient les champions.

Aurel était évidemment flatté de ces compliments mais une sourde inquiétude pointait en lui. Où voulait en venir son protecteur ? Croyait-il sérieusement qu'il espérait être affecté dans un grand poste et occuper des fonctions importantes, ce qui lui ôterait toute chance de se soustraire au travail ?

— Les diplomates n'ont que mépris pour nous autres parlementaires. Ils nous lèchent les bottes mais, au fond d'eux-mêmes, ils nous prennent pour des ignares, des bouseux. Heureusement, ils ont un ministre. Et lui, il sait bien qu'il faut compter avec la représentation nationale. Alors, il nous écoute un peu, surtout quand nous mettons notre poids dans la balance.

Le sénateur, à l'évocation de son poids, avait éprouvé le besoin de se caler solidement sur la table et il y avait posé les deux mains bien à plat.

— Je suis donc allé parler au ministre de ce qu'ils appellent les « ressources humaines ». Un mot affreux, comme si l'humanité était une sorte de pétrole qu'on irait chercher sous terre pour le brûler dans nos entreprises ou nos administrations. Passons...

Des carpaccios de saumon étaient arrivés sur la table et Mauvignier, imitant ses collègues les plus âgés, accrocha un coin de sa serviette dans son col.

— Bon appétit ! Sur les « ressources humaines », croyez-moi, j'en avais à dire. D'abord, il y a les langues : les arabisants envoyés en Chine, les sinologues perdus au Salvador. Je lui ai donné une dizaine d'exemples vécus de ce genre.

Toujours à ses angoisses sur son cas personnel, Aurel se demanda si Mauvignier n'aurait pas plaidé pour qu'on l'envoie en Roumanie... Mais le sénateur ne s'attarda pas sur la question linguistique.

— Surtout, reprit-il, j'ai abordé la notion de mérite. C'est un gros mot de nos jours, je le sais bien.

Nouveau coup d'œil vers la table des débraillés.

— Et, grâce à vous, j'ai pu frapper un grand coup.

— Grâce à moi !

Aurel était si agité qu'il saisit lui-même la bouteille de blanc qui flottait dans un seau à glace et s'en servit un plein verre.

— Évidemment, quelqu'un avait dû prévenir le ministre parce que, en entendant votre nom, il a ouvert une chemise qu'on lui avait préparée. Ces types des cabinets ont le chic pour vous tirer les vers du nez avant qu'on ne rencontre leur patron.

Le vin blanc avait fait monter une suée sur le front d'Aurel et il avait le dos trempé. Il aurait donné n'importe quoi pour ôter sa veste mais il ne voulait pas paraître rejoindre le clan des gauchistes que Mauvignier jugeait si sévèrement.

— Le ministre m'a laissé parler de vos mérites. Je lui ai raconté Bakou et le contrat aéronautique qui a été sauvé grâce à vous. Je lui ai parlé de votre mission au Starkenbach[1] et de la manière dont vous avez libéré la fille d'un de ses collègues à Acapulco[2]. Tout cela pour vous retrouver ici à végéter dans un bureau, en attendant qu'on veuille bien vous renvoyer un jour dans un pays impossible.

— C'est bien aimable, vraiment. Mais, vous savez, quelques mois à Paris ce n'est pas si dérangeant...

— Trop tard ! trancha Mauvignier, avec l'air impitoyable d'un maître d'école à l'ancienne.

Aurel s'anesthésia avec un troisième verre puis demanda d'une voix faible :

— Où voulez-vous m'envoyer ?

Mauvignier n'était pas disposé à abattre ses cartes aussi vite.

— Au stade où vous en êtes de votre carrière, il est grand temps que vous soyez nommé en Europe. Vous avez assez donné dans les destinations exotiques. Les choses sérieuses doivent commencer.

Le serveur avait apporté les grillades. Le sénateur attaquait déjà son entrecôte mais Aurel n'avait pas le cœur d'y toucher.

Un principe se vérifiait une fois de plus pour lui : rien n'est plus dangereux que les gens qui vous veulent du bien. Il s'était toujours accommodé des méchants, des sadiques ou des traîtres. Son éducation en Roumanie sous un régime totalitaire lui donnait une avance inégalable

1. Voir *La Princesse au petit moi.*

2. Voir *Notre otage à Acapulco.*

sur toutes ces catégories. En revanche, la bienveillance le laissait complètement désarmé.

— Bien sûr, poursuivit le sénateur, notre cher ministre s'est défendu. Il m'a opposé ce qu'il lisait dans son dossier. « Beaucoup d'ambassadeurs se sont plaints de lui », m'a-t-il dit en parlant de vous. Il m'a ressorti de vieilles histoires au Mozambique et en Guinée[1]. « Il ne respecte pas la hiérarchie. » « Il ne fait rien pour le service mais s'investit dans des affaires qui ne le regardent pas. »

— C'est la vérité, s'empressa de confirmer Aurel, en reprenant espoir.

— Taisez-vous donc ! Il est temps d'apprendre à vous mettre en valeur. Heureusement, vous avez un ami qui s'en charge.

Hélas ! pensa Aurel sans oser le dire tout haut. La tête lui tournait et il se sentait sur le point de faire un malaise.

— J'ai bataillé pied à pied. Sans grand mérite, car ce ministre est un jeunot. Vous avez remarqué qu'en ce moment tous les ministres ont l'air de sortir du CM2. En face de quelqu'un qui connaît son affaire, ils ne font pas le poids, celui-là pas plus que les autres.

Les yeux fermés, Aurel attendait le verdict avec résignation. Il se voyait déjà dans une de ces énormes ambassades, à Berlin, Londres ou Madrid, avec leurs troupeaux de conseillers, leurs régiments de secrétaires, des bureaux qui restaient allumés toute la nuit.

— Il était évidemment impossible de vous obtenir tout de suite un grand poste, fit Mauvignier avec une moue de déception. Compte tenu de votre parcours

---

1. Voir *Les Trois Femmes du consul* et *Le Suspendu de Conakry*.

jusqu'ici, cela sentirait trop le piston. Il faut rester réaliste.

L'espoir renaissait et Aurel releva la tête.

— Mais je n'ai pas cédé sur l'Europe. Vous le méritez. Ils vous le doivent. Et c'est ce que j'ai finalement obtenu.

Le groupe, à la table voisine, se levait bruyamment et le sénateur attendit que le silence revînt.

— L'Albanie, prononça-t-il enfin, en guettant avec gourmandise la réaction de son protégé.

— Quoi, l'Albanie ? fit Aurel hagard.

— Vous êtes nommé consul en Albanie.

— Moi ?

— Oui. Vous, s'impatienta Mauvignier. C'est de vous que nous parlons.

— L'Albanie, répéta Aurel, les yeux dans le vague.

— Le pays des aigles ! D'ailleurs, ils en ont mis un sur leur drapeau. Vous connaissez ?

Aurel se mit à frissonner. Un souvenir lui était revenu. C'était l'hiver. Il avait douze ans. Dans le cadre d'un échange de jeunes pionniers du Parti, il avait été envoyé deux mois à Tirana. Il revoyait l'horrible caserne où ils étaient logés. Les murs gris, le froid, les sanitaires immondes, la discipline brutale. En rentrant, il avait ressenti un bonheur inattendu. L'Albanie lui avait appris une seule chose mais elle changeait sa vie : il existait un endroit au monde plus triste, plus misérable et plus fou que la Roumanie de Ceauşescu.

— J'y suis allé quand j'étais enfant, marmonna-t-il.

— Le pays a bien changé depuis la chute du communisme en 91. Il y a deux ans, j'y ai passé des vacances avec ma femme sur la côte, à Saranda. C'est presque l'Italie maintenant. Il y a des autoroutes, des hôtels cinq étoiles, une riviera avec des casinos et des night-clubs.

Il était visiblement un peu vexé de devoir faire la promotion du pays. Le manque d'enthousiasme d'Aurel lui apparaissait comme une ingratitude.

— Vous avez l'air déçu.

— Pas du tout. Je suis fou de joie.

— Alors, vous êtes devenu un vrai diplomate. Vous savez cacher vos sentiments…

— C'est que la surprise est totale. La DRH m'avait parlé éventuellement de la Papouasie ou du Sud-Soudan…

— Vous voyez à quoi vous avez échappé.

— En effet. Merci.

C'était le mot que Mauvignier attendait. En le voyant se rengorger, Aurel le répéta trois fois. Cela parut suffire et le sénateur sourit avec bénignité.

— Ne me remerciez pas. Je vous devais bien ça. Et que ça ne vous coupe pas l'appétit. Votre viande va être froide.

En voyant Aurel chipoter, le sénateur regarda sa montre.

— Je ne veux pas vous presser mais j'ai une plénière d'ici un quart d'heure dans l'hémicycle.

— Je crois que l'émotion m'a coupé l'appétit. J'ai terminé.

Mauvignier fit signe qu'on lui apporte la note à signer.

— Vous savez quand je dois partir ?

— Il faudra voir ça avec le Quai. D'après ce que j'ai compris, ils vont vous expédier le plus vite possible.

Le reste de la conversation fut un long monologue de Mauvignier sur la situation politique en France. Aurel aurait été incapable d'en répéter un seul mot. Il se retrouva dehors sans garder le moindre souvenir des effusions auxquelles ils s'étaient livrés devant la sortie.

Hébété, il alla s'assoir sur un banc au jardin du Luxembourg. Pendant deux heures, il garda les yeux fixés sur un massif de magnolias en fleur, incapable de décider si cette nomination était une bonne ou une mauvaise nouvelle.

II

Trois semaines à peine après sa conversation avec Mauvignier, Aurel embarquait pour l'Albanie.

Les formalités avaient été d'autant plus rapides au Quai d'Orsay que la plupart de ses persécuteurs habituels au service des Ressources humaines étaient en congé. Les permanenciers avaient exécuté les instructions du cabinet sans discuter. Plus surprenant, il semblait que le poste, à Tirana, non seulement n'avait formulé aucune objection à sa nomination, mais avait même manifesté une certaine impatience à le voir arriver.

Aurel n'avait pas cherché à élucider ce mystère. Les ennuis, s'ils devaient y en avoir, arriveraient bien assez vite. Il s'était plutôt occupé de localiser ses affaires personnelles, dispersées dans différents pays à la suite de ses affectations précédentes. Son piano surtout l'inquiétait. Il finit par le retrouver, bloqué en douane à Marseille. Faute de savoir si son séjour albanais serait durable, il jugea prudent de le faire stocker dans un garde-meuble près d'Aubagne.

Puis, au bout d'une semaine, muni de son ordre de mission, il avait pris un taxi pour Orly. Dès son embarquement, il avait été assailli par ses souvenirs. Il ne parvenait pas à les chasser de son esprit. Tout pourtant était absolument différent et même opposé. Entre son premier voyage et la réalité actuelle, il y avait autant de différence qu'entre le négatif d'une photo et son tirage en couleurs sur papier glacé. Il l'avait constaté dès son entrée dans l'avion.

Dans son enfance, pour son premier séjour en Albanie, il avait été transporté dans un autobus déglingué, entouré de gamins aux dents gâtées, mal lavés, mal nourris et rongés par la même fièvre de dénonciation que leurs parents. Cette fois, il prit place dans un Airbus flambant neuf et bondé, au milieu de touristes portant des sacs à dos et chaussés de sandales bariolées. Il passa tout le vol tassé contre le hublot pour ne pas gêner un couple de jeunes Autrichiens assis à côté de lui. Éclatants de santé, ils s'embrassaient à bouche que veux-tu.

À l'arrivée à Tirana, il n'avait pas retrouvé la neige sale et le froid de ses souvenirs mais un grand soleil et la chaleur d'un mois d'août sans nuages. Sur le tarmac de l'aéroport Mère-Teresa étaient stationnés d'énormes avions venus du monde entier qui déversaient des flots de passagers. Non seulement le pays n'était plus fermé comme jadis mais il était devenu une destination à la mode.

Plus surprenant encore était l'accueil qu'on lui avait réservé. Un Albanais en costume noir l'attendait au pied de la passerelle, en brandissant une pancarte à son nom. Aurel laissa les passagers ordinaires s'entasser dans les bus de l'aéroport et suivit son ange gardien jusqu'à un minivan de luxe, muni de petits rideaux froncés. Il s'y installa avec dignité sous le regard intrigué des touristes entassés dans leur navette. Il eut une illumination à ce moment précis. Le seul détail désormais qui rappelait l'époque communiste dans ce monde totalement occidentalisé, c'était lui.

Avec son manteau de flanelle anthracite qui descendait jusqu'à ses chevilles, sa valise en carton bouilli, sa cravate marron et son véhicule noir aux vitres opaques, il était le dernier exemplaire de l'espèce disparue des apparatchiks.

Le chauffeur referma la porte et conduisit le minivan vers un petit pavillon vitré situé à l'écart de l'aérogare principale. Aurel dut se rendre à l'évidence : c'était le salon d'honneur. Il prit la mine austère d'un homme habitué à ces faveurs mais, intérieurement, il était de plus en plus convaincu qu'il s'agissait d'une méprise.

À l'intérieur, une hôtesse en robe moulante lui offrit un café et des gâteaux. Elle lui demanda ses papiers pour effectuer les formalités de police. Il s'assit d'une fesse sur une banquette de cuir, persuadé que l'erreur allait être découverte et qu'il serait reconduit sans ménagement parmi les routards. Mais l'hôtesse revint et lui tendit ses papiers dûment tamponnés. Elle le pria de la suivre jusqu'à une autre salle qui donnait sur l'extérieur. Des voitures officielles étaient stationnées devant. Il n'était pas planté là depuis deux minutes qu'un homme à l'aspect juvénile entra et se précipita vers lui.

— Aurel Timescu ! s'écria l'arrivant. Je vous aurais reconnu au milieu d'une foule. C'est un grand honneur de vous voir en chair et en os et de vous serrer la main.

Le jeune homme tint longuement la main frémissante d'Aurel dans la sienne, en le dévisageant avec un franc sourire. Il avait un visage si ouvert, si bienveillant, ses yeux, derrière de fines lunettes à monture métallique, étaient si limpides qu'Aurel hésita à l'identifier comme un diplomate.

— Loïc Renaud, premier conseiller, claironna-t-il, levant les derniers doutes.

— Nous nous connaissons ?

— Moi, je vous connais, mais nous ne nous sommes jamais rencontrés.

— Alors, comment… ?

— C'est simple : avant d'être ici, j'ai servi au Mozambique. Tout le monde là-bas se souvient de votre passage[1].

Aurel n'accueillait jamais comme une bonne nouvelle le rappel de son passé. Et il semblait que tout conspirait en ce moment à le ramener en arrière.

— Vous êtes resté une légende, à Maputo. On m'a si souvent décrit votre tenue que j'ai eu l'impression en entrant de vous avoir toujours connu : votre costume épais en pleine chaleur, votre cravate style guerre froide, vos chaussures bicolores…

Aurel retroussa la lèvre supérieure et découvrit quelques dents. C'était à peu près tout ce qu'il pouvait former comme sourire dans de telles circonstances.

— En parlant de chaleur, vous allez voir qu'il fait à peu près le même temps en ce moment qu'en Afrique australe. Mais sans le vent marin, hélas, car Tirana n'est pas sur la côte.

Le jeune conseiller embarqua Aurel et ses bagages dans une Toyota bleue qu'il conduisait lui-même.

— Je peux laisser les vitres ouvertes ? demanda-t-il.

— Comme vous préférez.

— Je n'aime pas trop la clim.

Le jeune homme conduisait d'une main et laissait l'autre pendre à l'extérieur. Le vent faisait voler ses cheveux noirs bouclés qu'il gardait assez longs. Il était vêtu d'une simple

1. Voir *Les Trois Femmes du consul.*

chemise blanche à manches longues, le col ouvert. Il avait le visage hâlé. Tout, en lui, dégageait une impression de simplicité, de naturel et de bonheur de vivre.

— Vous allez vous plaire ici. C'est un beau poste et l'équipe est très sympa.

Ce genre de prophétie réveillait toujours le vieux fond pessimiste qu'Aurel tenait de sa branche maternelle ashkénaze. Pour maîtriser son angoisse, il fit comme s'il n'avait pas entendu.

Le trafic était intense sur l'autoroute moderne qui menait au centre-ville. Les voitures étaient des modèles récents et soigneusement entretenus. On comptait parmi elles un grand nombre de berlines haut de gamme et même de voitures de sport de grand luxe. Aurel remarqua que la plupart portaient des plaques étrangères.

— Au mois d'août beaucoup d'Albanais qui vivent dans l'Union européenne retournent au pays pour visiter la famille.

Loïc devait sentir que son passager n'était pas d'humeur causante. Il le laissa contempler le paysage. Au bout d'un long moment, toujours à ses rêveries, Aurel rompit le silence.

— Il y a trente ans, il n'y avait qu'un tout petit bout d'autoroute. Et les bureaucrates n'avaient pas dû se coordonner parce que, à un endroit, un pylône à haute tension était planté au milieu de la chaussée.

Le diplomate éclata de rire.

— En effet, on m'a raconté beaucoup d'histoires comme celle-là sur la période communiste. Vous êtes déjà venu, alors ?

— J'étais gosse.

— Vous n'allez pas reconnaître grand-chose. Le pays a tellement avancé depuis la fin de la dictature...

Le premier conseiller ne devait pas avoir beaucoup dépassé la trentaine. Il parlait du passé comme de l'histoire. Au fond, Enver Hoxha ou Jules César, c'était le monde d'avant lui. Tandis que pour Aurel...

— Nous allons passer directement à la résidence, reprit Loïc. L'ambassadrice est impatiente de vous revoir.

— Me revoir ?

— D'après ce qu'elle m'a dit, vous avez travaillé ensemble.

Encore une réminiscence du passé ! Décidément, c'était le thème du voyage...

— À Bakou. Vous vous souvenez de Mme Grey ?

— Amélie ?

— Oui. Nous aussi, nous l'appelons par son prénom. L'ambiance est très détendue.

Amélie était consule générale en Azerbaïdjan et Aurel avait fait équipe avec elle à Bakou pour élucider la mort mystérieuse de la femme de l'ambassadeur.

— Elle a fait du chemin depuis que vous l'avez connue. Elle a passé deux ans au cabinet d'un ministre et ça a boosté sa carrière. Tirana est son premier poste d'ambassadrice. À quarante-trois ans, ce n'est pas mal.

Ils roulaient maintenant dans la ville le long d'avenues rectilignes, plantées d'arbres des deux côtés. Des buildings neufs s'élevaient un peu partout, mêlant tous les styles, de la tour en verre aux empilements acrobatiques de cubes en béton. Moins hauts, les vieux logements staliniens survivaient, alignant leurs façades hideuses, mais ils avaient pour la plupart été repeints de couleurs vives. Au centre-ville, Aurel reconnut la statue équestre de Skanderbeg, le héros national, la façade soviétique du musée national et la façade monumentale de l'université, du plus pur style mussolinien.

Tassé sur sa banquette, il pensait à Mauvignier. Il comprenait mieux comment il avait obtenu sa nomination à Tirana. Le sénateur les avait rencontrés, Amélie et lui, lors de son passage à Bakou. Il connaissait l'affection qu'ils avaient l'un pour l'autre et il avait compris qu'Amélie ne s'opposerait jamais à sa venue. C'était une bonne nouvelle pour Aurel, en même temps qu'une menace. Si Amélie lui demandait de travailler, il serait incapable de le lui refuser.

La voiture pénétra dans la rue privée le long de laquelle sont alignées un grand nombre d'ambassades. Tout à coup, entre le drapeau allemand et celui de la Grèce, Aurel vit apparaître sur le fronton d'un immeuble les trois couleurs de sa République d'adoption.

Amélie Grey n'avait pas changé. Elle restait du moins telle qu'Aurel l'avait conservée dans sa mémoire. Elle coiffait toujours ses cheveux couleur paille en un chignon tortillé à la hâte et tenu par un stylo piqué de travers. Ses yeux vert d'eau étaient surmontés de sourcils si blonds qu'ils les séparaient à peine de son grand front. Son nez court, semé de taches de rousseur, et sa grande bouche toujours prête à s'ouvrir en un large sourire lui donnaient un air juvénile que n'altéraient pas les quelques rides qui se creusaient sur ses tempes et sur son cou.

Bien qu'Amélie arborât la plupart du temps une expression joyeuse, Aurel avait toujours été touché par la sourde mélancolie qui se dégageait de son visage. Elle lui rappelait une petite-cousine qu'il avait en Roumanie et qui lui paraissait à l'époque si menue et fragile qu'il se sentait tenu de la protéger. À Bakou, Amélie sacrifiait au protocole imposé par l'ambassadeur et portait des tailleurs dans lesquels on ne la sentait pas à l'aise. Maintenant qu'elle était cheffe de poste, elle n'hésitait plus à choisir les tenues qui lui plaisaient, c'est-à-dire des assemblages simples de jeans et de T-shirts légers. Elle ne quittait jamais ses sneakers bleus.

C'est ainsi qu'elle apparut à Aurel quand elle vint ouvrir elle-même la porte de sa résidence.

— Je suis tellement heureuse de vous voir, Aurel !

Elle lui sauta au cou. L'émotion et la gêne empêchaient Aurel de bouger et il resta planté tout droit tandis qu'elle le serrait contre elle, menue et frémissante. Elle s'éloigna enfin, gardant ses mains dans les siennes, et elle le contempla des pieds à la tête.

— Mais vous vous êtes assagi ! Plus de bottes en caoutchouc avec votre costume... Et que sont devenues vos chemises ?

Elle faisait allusion sans doute à ses vieilles bannières de batiste jaunies, usées jusqu'à la trame, qu'il avait remplacées par un stock de guayaberas rapportées du Mexique. Celle qu'il portait sous son veston laissait entrevoir deux bandes brodées, décorées de perroquets. Toujours incapable de réagir quand elle le taquinait, il se contenta de rougir et de bredouiller.

En riant, elle l'entraîna par la main dans l'appartement.

— Voici mon palais. Pas mal, qu'est-ce que vous en pensez ?

La résidence d'ambassadeur à Tirana occupe le dernier étage du bâtiment de la chancellerie, un immeuble en ciment construit dans les années soixante-dix. Le service de décoration du Quai d'Orsay n'est jamais aussi à l'aise que dans ces espaces nus où il peut se dispenser d'imposer les sinistres meubles Louis XVI qui encombrent les réserves des collections nationales. Sur les murs blancs, les tableaux abstraits s'accordent avec le style brutaliste du mobilier. Toutes les pièces s'ouvrent sur une immense terrasse bizarrement couverte de poutres en béton aussi peu propres à protéger du soleil que de la pluie. Amélie emmena Aurel jusqu'à cette terrasse et le fit assoir devant une table de jardin. Au même instant, Loïc apportait des sodas qu'il avait été chercher seul dans la cuisine.

— Vous serez bien, ici, dit-elle en regardant Aurel avec attendrissement.

Ils avaient toujours eu ce rapport de protection mutuelle, lui la voyant comme sa petite-cousine de jadis à qui il tâchait de dénicher des douceurs au marché noir, et elle prenant un peu en pitié cet être si peu adapté aux codes du monde moderne. Elle lui manifestait aussi son respect en pratiquant avec lui le voussoiement, alors que tutoyer était son réflexe naturel, comme le prouvaient les usages qu'elle avait instaurés dans son équipe, selon les dires de Loïc.

— Si cela vous convient, vous pourrez reprendre l'appartement de votre prédécesseur. Il est tout près. On le voit d'ici. Tenez, c'est dans le grand immeuble qu'on aperçoit au fond.

La terrasse dominait un panorama chaotique de constructions de diverses époques que défiguraient des buissons d'antennes paraboliques.

— Buvez quelque chose pour vous rafraîchir, ensuite nous descendrons dans les bureaux pour que je vous présente à l'équipe. Ce sera vite fait, nous ne sommes pas très nombreux.

— On peut y aller tout de suite, répondit Aurel qui rêvait d'un verre de blanc frais mais n'avait guère le moral pour affronter le goût écœurant d'un Coca zéro.

— Allons-y !

Ils descendirent l'escalier jusqu'à l'étage des bureaux. Amélie passa de l'un à l'autre, introduisant rapidement le nouveau venu. À l'évidence, elle avait dû parler de lui avant, et personne ne parut surpris par sa tenue.

Il rencontra ainsi Pierre, chef du service culturel, Mohand, conseiller pour les affaires économiques, et Léa, une jeune attachée linguistique. Plusieurs secrétaires albanaises recrutées localement occupaient un bureau commun. Elles avaient adopté le même régime vestimentaire, jean et T-shirt, à l'exception de l'une d'entre elles, plus âgée, qui était vêtue d'une robe à fleurs.

Seul Norbert, le gendarme français délégué à la sécurité, faisait de la résistance en portant l'uniforme de son corps. Le paradoxe était que ce conformisme le rendait original.

— Grobert n'est pas là ? s'enquit Amélie auprès du premier conseiller.

— Je crois qu'il est en déplacement aujourd'hui.

Aurel capta le regard qu'ils échangèrent. Il exprimait à la fois l'ironie et l'agacement.

— Bien sûr ! fit Amélie en secouant la tête d'un air dépité, sans faire d'autre commentaire.

Ils passèrent ensuite dans les locaux consulaires. Il ne s'y trouvait que deux bureaux. L'un était occupé par une grande femme brune qu'Amélie présenta comme Elmira.

— Elle est albanaise mais parle le français mieux que moi.

Elle n'avait pas osé dire « mieux que vous » mais Aurel avait compris.

— C'est une perle. Elle nous facilite beaucoup les rapports avec l'administration.

Elle poussa une porte et, désignant le bureau vide, annonça :

— Et voici votre antre.

Une large fenêtre munie de barreaux donnait sur un petit jardin à l'arrière du bâtiment.

— Vous avez tout vu ! Nous retrouverons tout le monde après-demain matin pour la réunion de service. D'ici là, vous aurez le temps de vous installer.

Avant de sortir, Aurel jeta un coup d'œil à la porte de son bureau et constata avec plaisir qu'elle était munie d'une serrure.

III

Quand ils remontèrent à la résidence, la nuit commençait à tomber.

— L'heure est la même qu'en France mais nous sommes plus à l'est et le soleil se couche plus tôt ici.

Un chat, qui ne s'était pas montré avant, avança à pas prudents jusqu'à eux.

— Ah oui ! s'exclama Loïc. Vous n'avez pas encore été présenté à l'élément le plus important de l'équipe.

Amélie tendit la main et saisit l'animal. C'était un gros maine coon tigré qui regardait Aurel avec méfiance.

— C'est une fille. Elle s'appelle Hélène.

Comme la femme de l'ambassadeur à Bakou dont ils avaient naguère, à leur manière, vengé la mort. Amélie reposa la chatte, qui retourna se cacher en courant.

— On dîne tôt, ici. Cela vous dit de partager un morceau avec nous ? Ensuite Loïc vous déposera. Le temps que la femme de ménage prépare votre appartement, nous avons prévu deux nuits pour vous dans un hôtel tout près.

Ils descendirent et sortirent dans la rue.

— Il y a un restaurant grec à deux cents mètres. On y va à pied ?

La chaleur de la journée n'était pas retombée. L'air était lourd et une odeur de poussière montait des trottoirs.

Aurel, qui n'avait pas enlevé son veston pendant les présentations, suait à grosses gouttes.

— Mettez-vous à l'aise, suggéra Amélie. Je suis sûre que votre chemise mexicaine plaira beaucoup ici.

Mais, trempé comme il l'était, Aurel n'avait pas envie de s'exhiber dans la rue. Il espérait vaguement que, comme les bureaux, le restaurant serait climatisé. En fait, c'était une terrasse sur la rue entourée d'une guirlande de lampions. Ils prirent place à une table et Aurel continua de baigner dans son jus.

— Ils disent cuisine grecque, précisa Loïc, mais grecque ou albanaise, ça se vaut. Tzatziki, boulettes, olives et salade de tomates...

Aurel les laissa commander pour lui et demanda seulement une bouteille de blanc.

— Le blanc ! C'est vrai, j'avais oublié... Dire qu'on vous a offert du Coca.

Ce rappel fit un peu honte à Aurel mais, de toute façon, tôt ou tard, il aurait bien fallu qu'elle s'en souvienne.

— Loïc va vous parler du pays. Il est notre grand spécialiste de géopolitique.

Le jeune conseiller ne protesta pas. C'était bien le genre d'Amélie de s'effacer devant ses collaborateurs pour les mettre en valeur. Aurel se souvenait qu'elle n'avait guère de goût pour les questions politiques, surtout si elles étaient abstraites et désincarnées.

Loïc, au contraire, était dans son élément. Il brossa un tableau très élogieux du pays. Il insista sur la tolérance religieuse qui y régnait. « Vous avez dû remarquer les mosquées qui voisinent avec les églises orthodoxes et catholiques. À Noël, le grand mufti va fêter la naissance de Jésus et pour l'Aïd, le patriarche et l'évêque viennent lui présenter leurs hommages. » Il s'étendit longuement sur le dynamisme économique du pays, sa bonne entente avec tous ses voisins et surtout son ambition, qu'il espérait bientôt satisfaite, de rejoindre l'Union européenne. Il se montrait si assuré qu'Aurel se sentit presque obligé de le contredire un peu, même s'il ne connaissait rien au sujet.

— Tout de même, hasarda-t-il, on entend beaucoup parler des mafias albanaises…

Il avait lu un article là-dessus sur un journal qui traînait dans l'aéroport, en attendant son embarquement.

— Les mafias ! Toujours les mafias ! s'échauffa le jeune conseiller. Elles existent, bien sûr, mais pas dans le pays. Il arrive que des Albanais émigrés, pour survivre, trempent dans des affaires louches, mais ici, rien de tel. Ce sont des gens honnêtes. Ils aiment leur nation et veulent développer leur pays, notamment grâce au tourisme. Franchement, avec ces histoires de mafias, on leur fait beaucoup de tort.

Aurel était un peu surpris par cet angélisme mais il connaissait les diplomates et leur propension à écarter toute critique lorsqu'ils décrivent leur pays de résidence.

Loïc poursuivit en effet dans cette veine louangeuse et se lança dans une vaste description de la classe politique albanaise, noircissant à l'envi le pouvoir passé pour mieux exalter les qualités éminentes d'intégrité et de moralité du gouvernement actuel.

Amélie opinait mais n'intervenait pas. Aurel avait l'impression que ces sujets l'ennuyaient. Plusieurs fois, elle laissa aller son regard dans le vague et Aurel perçut en elle une mélancolie que cachaient d'ordinaire sa bonne humeur et son entrain. Il n'avait pas encore eu l'occasion de parler seul à seul avec elle et il se demanda si elle était heureuse. Peut-être avait-elle lu dans ses pensées. Elle intervint pour recadrer la discussion.

— Parlons des affaires consulaires, puisque ce sera votre responsabilité.

À la mention du travail qu'on attendait de lui, Aurel tressaillit et se sentit rougir.

— Au risque de vous décevoir, il n'y a pas beaucoup de problèmes dans ce secteur.

Il respira.

— La communauté française est très réduite, à peine deux cents personnes, et elle ne pose aucun problème. Les Albanais peuvent se rendre en Europe sans visa et les Français entrent dans le pays avec une simple carte d'identité. Cela fait beaucoup de travail en moins pour nous. Les Albanais adorent la France et beaucoup parlent notre langue.

— Malheureusement, il y a les touristes, intervint Loïc.

— En effet. Ce sont eux qui nous causent le plus de soucis. L'Albanie attire beaucoup de routards.

— J'ai vu ça dans l'avion.

— Il y a parfois quelques affaires de drogue. Les Albanais sont intraitables sur le sujet.

— Vous voyez, insista le conseiller, qu'on est loin de l'image d'un pays mafieux. Pas de toxicos ici. Très peu de vols ou d'agressions.

— Au fond, renchérit Amélie, ces affaires-là restent rares. Les problèmes les plus courants sont les mésaventures classiques pour les touristes : perte de papiers, difficultés de santé, accidents de circulation.

— Scènes de ménage !

— Tu as raison, Loïc, confirma Amélie en riant. Nous avons un couple en garde à vue en ce moment pour des violences. Mais ce sont eux qui les ont commises !

— Ils se sont littéralement battus entre eux dans une boîte de nuit et chacun accuse l'autre de l'avoir agressé... Rien de bien méchant.

— Vous m'avez dit qu'il y a un policier à l'ambassade.

— Le commissaire Grobert. Oh, lui...

Loïc secoua la tête et Aurel comprit, pour la seconde fois, qu'on ne lui disait pas tout sur ce sujet. Amélie passa rapidement à autre chose.

— Le plus ennuyeux, ce sont les trekkeurs qui s'égarent. La grande affaire, en ce moment, c'est une jeune femme qui est partie seule dans les montagnes il y a quatre jours avec un sac à dos et une tente. Depuis, elle n'a plus donné de nouvelles à sa famille. Ce sera la première embrouille que vous aurez à traiter en urgence.

Le cœur d'Aurel accéléra de nouveau mais Amélie s'employa tout de suite à le calmer.

— Rassurez-vous, je m'en occupe déjà personnellement et je vous mettrai au courant.

Le dîner se termina rapidement et Aurel s'apprêtait à suivre Loïc jusqu'à sa voiture quand Amélie le retint un instant et lui parla à l'oreille.

— Vous avez vu : j'ai un piano à la résidence. Je vous ferai faire une clef et vous viendrez jouer quand vous voudrez.

Aurel était heureux quand il débarqua à son hôtel. Il monta dans sa chambre, s'allongea sur le lit, un peu étourdi par la chaleur et par le vin. Il se sentait soulagé par cet accueil, confiant dans le séjour paisible qui commençait. Mais comme il ne pouvait pas vivre sans inquiétude, il vit fondre sur lui comme une météorite le spectre du principal ennemi qu'il aurait sûrement à affronter.

L'ennui.

Les trois premiers jours se déroulèrent sans le moindre incident. Aurel entra en possession de son appartement, un petit deux-pièces situé derrière l'ambassade de Grèce, c'est-à-dire à cent mètres à vol d'oiseau de la représentation française. Il prit l'habitude de se rendre au consulat à pied. Il habitua son assistante à le voir s'enfermer dans son bureau et à frapper avant d'y entrer elle-même. Là, bien calé dans son fauteuil à haut dossier, il s'offrait de longues siestes ou pianotait sur son ordinateur qu'il avait réglé pour diffuser en permanence de la musique de chambre. Il signa quelques papiers consulaires que la secrétaire avait préparés et qui attendaient dans une corbeille sur son bureau. Puis il profita du calme pour suivre certaines affaires privées, notamment la question de ses meubles égarés en divers endroits du monde.

Il avait pris part à la réunion de service sans ouvrir la bouche. La séance, parfois si pénible dans d'autres ambassades, avait été courte, détendue, chacun allant à l'essentiel, sans chercher à se mettre en valeur. Chose bizarre, Grobert, l'attaché de police, n'était toujours pas apparu.

Amélie avait fait monter Aurel deux fois pour le tenir au courant de l'affaire de la touriste égarée. Quatre jours à peine s'étaient écoulés depuis le départ de la jeune femme. Le temps était beau. Personne n'avait rien signalé à la police locale. Il fallait surtout rassurer les parents. Amélie s'en chargea elle-même mais leur donna le nom d'Aurel en cas d'urgence. Le numéro fixe bien entendu puisque, pour assurer sa tranquillité, il avait fait valoir, comme dans tous ses postes, qu'un problème neurologique lui interdisait l'usage du portable, sauf à provoquer une crise d'épilepsie incontrôlable. Il exhibait pour se justifier un vieux certificat médical rédigé en roumain. Mais la menace seule suffisait, personne ne voulant prendre le risque de le voir se jeter par terre et convulser.

Il était dans ces dispositions d'esprit tranquilles quand il entendit un matin frapper à la porte de son bureau.

— Entrez, dit-il, en remettant discrètement ses chaussures.

Il vit une tête passer par l'entrebâillement de la porte. Une bille ronde aux cheveux dégarnis, un sourire oblique, des yeux cernés de grosses poches, un nez en patate.

— Je dérange ?

— Non, je vous en prie.

Le corps qui suivit la tête et se planta dans le bureau n'était pas moins étonnant. L'homme, de petite taille, se tenait le ventre en avant, sans chercher à cacher le bourrelet de graisse qui retombait sur sa ceinture. Sa chemise légère à carreaux, trop petite, était difficilement boutonnée et laissait paraître un fuseau de chair poilue au-dessus du nombril. Deux jambes maigres dépassaient d'un short en toile aux couleurs passées. Des tongs en plastique laissaient paraître une série d'orteils déformés aux ongles trop longs.

Aurel crut à la visite d'un vacancier venu remplir des formalités. Mais le visiteur s'assit d'autorité et, en regardant Aurel avec un sourire qui tordait ses lèvres fines, séchées par le soleil, dit calmement :

— Alors c'est toi, le nouveau consul qu'ils attendaient tous.

— Vous êtes… ?

— Allons, pas de « vous ». Tu as vu que ce n'était pas la mode de la boutique. Du « tu » partout. C'est ce que veulent les petits jeunes. Tutu pour tout le monde !

Il rit seul de son jeu de mots, découvrant des dents mal plantées et jaunies par le tabac. Puis aussitôt, il tendit une large main par-dessus le bureau et Aurel, par réflexe, la serra, ce qu'il regretta aussitôt.

— Grobert. Jean-Charles pour les intimes, c'est-à-dire pas grand monde ici. Commissaire de police.

— Ah ! vous êtes l'attaché de sécurité intérieure.

Le commissaire fit un geste de la main, comme pour écarter une mouche.

— Le flic, quoi. Peu importent ces titres ridicules. Il faut appeler un chat un chat. Gardons la pudeur pour les chattes.

Il rit de nouveau bruyamment et Aurel baissa les yeux. Il avait toujours eu les plaisanteries grivoises en horreur.

— On est un peu confrères puisqu'il paraît que tu aimes mener des petites enquêtes. Grand bien te fasse. Moi, je donnerais cher pour ne plus avoir à m'en occuper. Ça ne va pas tarder, d'ailleurs. Je suis à la retraite dans sept mois et douze jours. Tu vois, je les compte.

— Qu'est-ce que vous voulez ?

— « Vous », connais pas.

— Qu'est-ce que tu veux ?

— Mieux ! Eh bien je suis venu chercher un renseignement consulaire, tout simplement.

— Je viens d'arriver et je ne sais pas si je pourrai…

— Tu feras comme tes prédécesseurs. Tu demanderas à ton assistante et elle se tapera le boulot pour toi.

— De quoi s'agit-il ?

Grobert se cala sur le dossier de sa chaise et croisa les jambes. Aurel détourna le regard de ses orteils.

— La routine. Un assassinat. Les Albanais se tuent beaucoup, en Europe. Dame ! Les mafieux font un métier à risque, les pauvres…

— En quoi cela nous concerne-t-il ?

— Parce que, cette fois, il s'agit d'un binational. La section de recherche de la gendarmerie qui s'occupe de l'affaire en France voudrait en savoir un peu plus sur le bonhomme.

— C'est-à-dire ?

Le commissaire avait sorti un petit canif de sa poche et commençait à retirer le liseré noir qui bordait ses ongles.

— En fait, le type était surtout français et connu comme tel, avec un nom bien français, Marc Lumière, une femme française, un enfant français, tout. Mais, en fouillant un peu, les pandores ont découvert qu'il avait été naturalisé il y a presque trente ans et qu'il était né en Albanie. Ils veulent vérifier tout ça. Normal. Le gendarme vérifie. Il n'y peut rien, c'est plus fort que lui, vérifier. C'est son ADN, comme on dit maintenant.

— Il y a un dossier ? demanda Aurel sans enthousiasme.

— Voici le message de la section de recherche. Il résume l'affaire et donne le nom du type. Ne t'inquiète pas, c'est la routine. Tout ce qu'on te demande, c'est de vérifier son état civil ici.

Aurel saisit le document et le posa sur le bureau vide.

— Dis donc, tu as un gros accent. La Roumanie, c'est bien ça ?

— Oui.

— Je connais bien ce pays. J'ai fait toute ma carrière dans ces coins, les Balkans, la mer Noire. Les anciens empires, l'austro-hongrois et l'ottoman, m'ont toujours fasciné. Peut-être à cause de Tintin, la Bordurie et la Syldavie. Il faudra qu'on en parle.

Avec une souplesse que son embonpoint ne laissait pas prévoir, Grobert se mit debout et se dirigea vers la porte.

— Bon, je te laisse travailler.

Il insista sur le mot et fit un clin d'œil.

— Tu me préviens quand tu as du nouveau ?

Aurel resta perplexe un long moment après cette visite. Puis il se secoua, saisit la note de gendarmerie et passa dans le bureau de son assistante.

— Madame Elmira, dit-il en rougissant, pourriez-vous rechercher l'état civil albanais d'un certain Marsel Rustemi, naturalisé français en 1999 sous le nom de Marc Lumière ? D'après le décret de naturalisation, il est né en Albanie le 16 juin 1963, dans la ville de Theth.

— Ah ! Theth, répéta Elmira, en prononçant les *th* à l'albanaise, comme en anglais, la langue pointée entre les dents. C'est très joli, là-bas. Le nord du pays. On appelle ça les Alpes d'Albanie. Il faudra aller visiter.

Depuis qu'il était arrivé, il sentait bien qu'Elmira cherchait à engager la conversation. Mais cette grande femme sculpturale aux yeux noirs ressemblait trop à une policière de Brasov qui le terrorisait quand il était enfant pour ne pas l'intimider et le rendre mutique. Sur un sujet concret comme cette demande de recherche, il était forcé de vaincre son appréhension et, elle, bien sûr, en profitait.

Sa demande faite, Aurel prit la fuite vers son bureau, referma la porte et commença à lire le résumé du dossier qu'avaient envoyé les gendarmes.

IV

Le rapport était succinct et ne comportait que deux pages. Les gendarmes en avaient dit juste assez pour ne pas donner l'impression de laisser l'ambassade dans l'ignorance du contexte de leur demande. Mais peut-être, après tout, n'en savaient-ils pas beaucoup plus, car les faits étaient récents.

Le 17 juillet précédent, un certain Marc Lumière, soixante et un ans, chef d'entreprise domicilié à Lignières dans le département du Cher, s'était rendu seul en voiture dans la ville de Chamonix (Haute-Savoie). Il avait pris une chambre à l'hôtel Albert-Ier, un établissement classé cinq étoiles. Le lendemain matin, il avait emprunté en voiture la route qui mène en Suisse. Il était allé visiter le Chalet de la réserve des Aiguilles-Rouges, qui se trouve au col des Montets, comme en témoignaient les images de vidéosurveillance. Puis il était redescendu en voiture jusqu'au parking de Tré-le-Champ, un kilomètre plus bas. Il s'était mêlé aux touristes qui prenaient des photos de l'aiguille Verte ou regardaient la montagne à la jumelle. Une moto s'était garée quelques minutes plus tard au même endroit et son conducteur s'était approché de M. Lumière. Il l'avait alors abattu de quatre balles à la tête et dans le thorax. Le motard avait calmement regagné son véhicule et s'était éloigné en direction du col, c'est-à-dire de la frontière.

Les papiers de la victime retrouvés dans sa voiture indiquaient qu'il était de nationalité française, né en Albanie. Le service de l'état civil de Nantes avait permis d'apprendre que Marc Lumière avait fait l'objet de deux décrets : un de naturalisation en 1999 pour cause de mariage avec Gisèle Lumière, de nationalité française, et un de changement de nom en 2003, pour lui permettre d'inscrire le nom de sa femme sur ses documents d'identité. Au préalable, il s'appelait Marsel Rustemi. Lors de son mariage, il avait déclaré être demandeur d'asile en France et ne disposait pas de papiers de son pays d'origine, étant arrivé illégalement par bateau, en passant par l'Italie. Il avait indiqué être né à Theth le 16 juin 1963.

La victime avait créé avec son épouse un haras dans la région de Lignières, centre hippique renommé qui dispose d'un hippodrome. Sa situation financière était confortable et il n'avait jamais fait l'objet de condamnation en France. Il était veuf depuis dix ans et élevait seul une fille unique. Fait notable, sans rapport apparent avec le crime, sa fille était décédée six mois auparavant à l'âge de quatorze ans dans l'accident du bus scolaire qui la ramenait d'un séjour à la neige dans les Alpes.

La section de recherche de la brigade de gendarmerie d'Annecy sollicitait le poste pour vérifier l'identité de la victime et savoir s'il avait été impliqué, d'une manière ou d'une autre, dans des faits notables en Albanie.

Aurel acheva de lire et prit une grande inspiration. Cet ignoble Grobert avait raison : il avait vraiment raté sa vocation. Il était un enquêteur manqué. La simple lecture d'un rapport de ce genre le mettait en transe. Son imagination tournait à toute vitesse. Il voyait les lieux, les personnages. Il faisait mentalement la liste des cent questions qu'il aurait voulu poser aux témoins, des pistes sur lesquelles il aurait lancé ses inspecteurs, des scénarios plausibles. Dans ces cas-là, unc sorte de jouissance physique semblable à nulle autre s'emparait de lui, un peu comme en éprouvent, paraît-il, les coureurs de marathon quand ils ont dépassé un certain kilométrage. Il savoura un instant cette béatitude mais, très vite, retomba dans son état normal, avec la même impression de malaise général qu'on ressent après une cuite.

Il était inutile de rêver de cette enquête. On ne lui demandait rien. C'était à d'autres, sans doute des Grobert blasés qui attendaient la retraite, de s'en occuper. Une fois fournis les documents d'état civil demandés, il n'entendrait plus parler de cette affaire.

Il alla trouver Elmira et, sans lui confier le rapport de gendarmerie, lui demanda de rechercher toutes les informations qu'elle pourrait trouver sur un certain Marsel Rustemi, dont il lui donnait les date et lieu de naissance supposés.

Pour achever de le ramener à la réalité, il reçut un coup de fil du secrétariat de l'ambassadrice qui lui demandait de passer tout de suite dans son bureau. Il y avait du nouveau à propos de la randonneuse égarée.

*

Amélie détestait travailler derrière son bureau. Elle préférait griffonner sur une table basse ou pianoter sur son mobile qu'elle tenait sur les genoux. Il fallait que la situation soit grave ou qu'elle ait vraiment peur pour qu'elle se soit assise en majesté dans son fauteuil de bureau, à portée de ses téléphones sécurisés. Elle attendait ainsi, immobile, quand Aurel entra.

— Vous vous souvenez de ce que j'ai dit à la réunion de service ? À la suite de démarches très insistantes de ma part, la ministre de l'Intérieur albanaise a finalement consenti à faire décoller le drone de recherche de la police pour chercher notre randonneuse égarée. Un drone à essence, capable de voler très longtemps et d'explorer des zones entières de montagne. Le seul du genre dont ils disposent. Ils s'en servent pour patrouiller au-dessus de leurs frontières dans les régions inaccessibles.

— Je croyais que les Albanais ne prenaient pas cette affaire de randonneuse au sérieux.

— En effet. Mais compte tenu de la pression de la famille, j'ai insisté lourdement. Comme le gouvernement ici tient le tourisme pour une priorité, ils ont voulu éviter une mauvaise publicité et ils ont cédé.

Aurel sentait qu'elle tournait autour du pot.

— Et alors ?

— Alors le drone s'est écrasé. Il est totalement détruit.

Elle avait un visage grave mais Aurel avait l'impression qu'elle se forçait.

— Que s'est-il passé ?

— Vous voulez vraiment le savoir ?

— Bien sûr !

Il y eut un silence puis elle dit le plus gravement qu'elle le put :

— Il a été attaqué par un aigle.

— Un aigle ?

— Oui, un aigle. Un *aigle*, insista-t-elle en écartant les bras. Il a dû croire que c'était un oiseau, une proie, que sais-je ? Il a foncé dessus et le drone est tombé en vrille.

Ils se regardèrent en silence puis soudain, ne se retenant plus, Amélie éclata de rire. Elle riait de si bon cœur que des larmes lui venaient. Aurel, gagné par cette hilarité, se mit aussi à être secoué de spasmes. Il ouvrait la bouche en grand, car c'était un rire profond, libérateur, dans lequel il sentait que brûlaient comme dans une flamme toutes les contrariétés, les humiliations des semaines, des mois, des années précédents. Il y avait bien longtemps qu'il ne s'était pas purgé comme cela de ses mauvaises humeurs.

Il s'assit et, en se maîtrisant peu à peu, s'essuya les yeux.

— Dire que les gens croient qu'on fait un métier sérieux, dit Amélie qui reprenait difficilement son calme.

Elle se leva, alla jusqu'à un frigo-bar situé près de la fenêtre et revint avec deux bouteilles d'eau fraîche. Ils en burent de longues rasades et Amélie en fit couler dans sa main pour s'asperger le visage.

— Bon, c'est ridicule, cette histoire d'aigle mais, en attendant, je suis dans la panade. La ministre de l'Intérieur va m'en vouloir à mort. Son seul drone…

— Que pouvons-nous faire ?

— Si je raconte cette histoire à Paris, tout le ministère va se payer ma tête. Vous savez, une femme, jeune, à son premier poste. En Europe, en plus… je fais pas mal de jaloux. Ils n'attendent qu'une occasion. Et si le gouvernement albanais demande mon rappel, il n'y aura pas grand monde pour me défendre.

Aurel avait dégrisé d'un coup. Il eut un instant devant les yeux l'image d'Amélie rentrant à Paris et le livrant au sadisme d'un nouveau chef de poste.

— Vous n'y êtes pour rien, protesta-t-il.

— Certainement, mais être ridicule est ce qu'il y a de plus dangereux dans ces milieux.

— La France ne pourrait pas leur faire cadeau d'un autre drone ?

Amélie haussa les épaules.

— Peu probable dans le contexte budgétaire actuel. De toute façon, en admettant même que le Quai accepte le principe de remplacer ce drone, cela prendrait des années. Il faudrait l'inscrire au budget, s'entendre avec le ministère des Armées, faire valider l'exportation de matériel sensible…

Passer du rire à l'angoisse provoquait des palpitations dans la poitrine d'Aurel. Les montagnes russes émotionnelles n'étaient décidément plus de son âge.

— Je ne vois qu'une solution, fit Amélie sur un ton assuré.

— Ah ! Il y a une solution.

Aurel sentait que le train de fête foraine remontait à vive allure. Il posa la main sur son cœur.

— Gaëtan.

— Qui est-ce ?

— Un Français qui vit ici depuis plus de quarante ans. Il connaît tout le monde, à Tirana comme à Paris. Justement, je voulais vous présenter. Restez déjeuner avec moi à la résidence. Nous l'appellerons ensemble.

Aurel se releva, un peu titubant, et fit quelques pas dans la pièce. Il allait se rassoir quand Amélie ajouta :

— C'est Gaëtan qui leur avait vendu le drone qui s'est crashé.

Elmira, la secrétaire du consulat, sentait bien qu'Aurel n'était pas à l'aise en sa présence. Elle pensait qu'il se méfiait et qu'il fallait le rassurer. Elle était impatiente de lui donner la preuve de sa loyauté et de sa compétence. La recherche qu'il lui avait demandée sur ce Marsel Rustemi en était l'occasion.

Aurel était resté déjeuner avec l'ambassadrice et le premier conseiller à la résidence. Ils l'avaient interrogé sur sa vie depuis Bakou. Il avait raconté beaucoup d'histoires, avec d'autant plus d'éloquence que Loïc avait remonté de la cave quelques bouteilles de blanc à son intention. La conversation avait été très gaie.

Quand il était redescendu au consulat, il était presque seize heures. À peine était-il entré qu'Elmira se leva et l'interpella. Elle arborait un grand sourire.

— Je peux vous parler un instant ?

Il grogna et alla se réfugier derrière son bureau.

— Je vous écoute.

— Eh bien, voilà, pour le Franco-Albanais qui vous intéresse…

Aurel mit un instant pour comprendre de qui elle parlait. Il avait l'esprit un peu embrumé.

— Ah ! Bien sûr. Le Franco-Albanais. Alors ?

— Alors, j'ai appelé une de mes cousines qui travaille au ministère de l'Intérieur. Figurez-vous qu'elle a retrouvé sa fiche d'état civil. Ce n'était pas gagné car il y a eu pas mal de désordre après la fin de la dictature. Certaines archives ont brûlé…

— Vous l'avez ? coupa Aurel qui était impatient de refermer sa porte et de faire une sieste.

— Elle me la fera passer demain. Mais j'en connais déjà l'essentiel.

— C'est-à-dire ?

Elmira se cambra avec fierté, certaine d'apporter l'information qu'Aurel attendait.

— Il est mort, lâcha-t-elle avec une expression de tragédienne.

Son effet tomba à plat car Aurel se contenta de secouer la tête.

— Vous avez lu le rapport des gendarmes ?

— Quel rapport ?

Il se souvint qu'il ne le lui avait pas montré et qu'avant d'aller voir Amélie, il l'avait fourré dans sa poche.

— Il est mort le 3 juillet 1997 à Shkodër, récita Elmira, un peu vexée.

Aurel haussa les épaules. Il fouilla dans sa poche et déplia la note.

— Et moi, je vous dis qu'il est mort le 17 juillet 2024 à Chamonix.

— Impossible ! Ma cousine est formelle. Son décès a été déclaré en 1997.

— Vous ne parlez sans doute pas du même. Il doit y avoir pas mal d'homonymes, ici comme partout.

— Bien sûr, mais ce n'est pas un homonyme. Vous m'avez donné sa date de naissance et elle correspond exactement. En plus, il est né à Theth, qui est un petit village où les risques de confusion avec quelqu'un d'autre sont inexistants.

Il n'était pas question de la contredire. Les Albanais ont une expression terrible lorsqu'ils sont contrariés et leur visage prend instantanément les traits de Skanderbeg, l'héroïque libérateur des Turcs. Aurel capitula.

— Bon. Attendons les documents.

— Vous les aurez demain au plus tard, dit la secrétaire.

Puis elle sortit avec un air de dignité offensée et referma la porte.

Aurel était partagé. Cette information épaississait le mystère et ne lui donnait que plus envie d'approfondir cette histoire. Mais il était bien convaincu qu'on ne lui laisserait jouer aucun rôle. La frustration qui en résulterait serait à la mesure de l'intérêt qu'il y aurait porté. Mieux valait s'en désintéresser tout de suite.

D'ailleurs les libations du déjeuner produisaient leur effet et il s'assoupit un instant.

Il fut éveillé presque aussitôt par une image qui l'avait saisi dans son sommeil. Sur un fond de montagne enneigée, un homme dont il ne distinguait pas les traits l'appelait à l'aide. Il était au bord du vide et allait s'y précipiter.

— Non ! cria Aurel en nage.

Il regarda, hébété, autour de lui. Elmira, alertée par son cri, frappa à la porte et, sans attendre de réponse, passa la tête.

— Ça va ?

Aurel reprit contenance et dit avec autorité :

— Appelez le commissaire Grobert et demandez-lui si je peux passer le voir.

— Je vais m'assurer qu'il est à l'ambassade… Il travaille rarement à son bureau.

Deux minutes plus tard, la secrétaire revint.

— Il dit que vous pouvez le rejoindre à l'Hemingway Bar à dix-neuf heures. C'est à deux rues d'ici. Je vais vous indiquer comment vous y rendre à pied.

V

Pour arriver jusqu'au lieu de rendez-vous, Aurel passa devant plusieurs édifices religieux, mosquées et églises de diverses obédiences. Malgré l'interdiction de toutes les religions pendant le communisme, la plupart des bâtiments de culte ont été épargnés, quitte à être transformés en hangars ou en gymnases. Ils ont rouvert aujourd'hui mais gardent encore une certaine discrétion dans leur pratique. Le Hemingway Bar fait, à sa manière, partie de ces temples. Il est dédié au culte de l'auteur américain que la postérité a un peu injustement transformé en dieu de la boisson. Situé au rez-de-chaussée d'une vieille maison albanaise, le bar, minuscule et tout en longueur, est rempli d'icônes bien particulières puisque toutes représentent l'écrivain ou ses objets fétiches.

Surprise ! La porte était fermée à clef, quoiqu'il y eût de la lumière à l'intérieur. Aurel frappa au carreau et vit approcher une silhouette. C'était Grobert. Celui-ci déverrouilla la serrure.

— Normalement le soir, dit-il, ils n'ouvrent qu'à vingt heures. Mais entre, je suis un peu chez moi, ici.

Une forte musique de jazz saturait le petit espace. Le commissaire installa son visiteur à une table en bois vernis sur laquelle était déjà posé un verre de bière.

— Tu bois ?

— Un verre de blanc. Sec si possible.

Le commissaire passa derrière le bar. Il ouvrit plusieurs placards jusqu'à dénicher une bouteille qu'il souleva pour en lire l'étiquette.

— Italien.

— Parfait.

Il prit un verre ballon sur une étagère et revint s'assoir à la table d'Aurel, en faisant traîner ses tongs.

— Alors, qu'est-ce qu'il y a de si pressé ?

— C'est à propos de l'homme qui a été assassiné à Chamonix...

Le policier lui jeta un regard ironique, un peu comme un adulte qui voit un enfant approcher en douce d'un pot de confiture.

— Eh bien ?

— Il est mort...

— Ressusciter n'est pas donné à tout le monde, coupa le policier avec un petit rire.

— Laisse-moi finir. Il est mort en Albanie en 1997. L'état civil albanais a enregistré son décès. J'aurai les papiers demain.

Aurel avait largué sa bombe et il attendait l'explosion. Mais le policier buvait sa bière tranquillement.

— Et alors ?

— Alors, il ne peut pas mourir deux fois ! Soit il s'agit de quelqu'un d'autre, soit il faut savoir pourquoi on l'a déclaré mort il y a vingt-sept ans.

Le commissaire regarda vers le bar où s'alignaient des portraits photographiques d'Hemingway et leva la main. Ses doigts pianotaient dans l'air et il dodelinait de la tête en rythme avec la musique.

— Miles Davis, dit-il avec un sourire de béatitude. Miles Davis en Albanie, à deux cents mètres de la maison d'Enver Hoxha…

Puis il pivota sur sa chaise et posa les coudes sur la table, en saisissant le cendrier « I love Ernest » posé devant eux.

— Tu as discuté avec les gamins ? Ils t'ont parlé du pays ?

— Quels gamins ?

— Notre fière équipe de jeunes diplômés qui représente la France ici, nos aigles à nous, n'est-ce pas, qui savent tout et qui croient qu'ils ont tout compris.

Aurel était un peu désarçonné par cette entrée en matière. Il recula légèrement, surtout pour se soustraire à l'haleine lourde de son interlocuteur.

— Ils t'ont fait le coup du miracle, j'imagine ? Une Albanie qui a su se relever de la dictature la plus dure. Une démocratie prête à entrer dans l'Union européenne. Une économie prospère Des mafias ? Certainement pas ! C'est de la calomnie d'en parler. Que dis-je, du racisme ! Il y a peut-être des voyous albanais à l'étranger, mais rien de tel ici.

— C'est faux ?

— Les mafias albanaises sont partout. Il suffit de regarder les grandes villas neuves qui poussent en bord de mer. Et les voitures de luxe, un peu partout. Il y a des personnages invraisemblables ici, dans le genre mafioso. Tu croiseras peut-être à Tirana un petit bonhomme en smoking blanc. Il ne sort jamais sans une garde de cinq balèzes en noir. Une caricature. Il était garçon boucher quand il a quitté le pays. Il contrôle une des plus grandes filières de prostitution en Italie.

— Alors, pourquoi les gens de l'ambassade racontent-ils cela ?

— Parce que c'est vrai *aussi*. Il y a très peu de criminalité *dans* le pays. Mais trente pour cent du budget, d'après les spécialistes, provient de l'argent sale rapatrié de l'étranger. C'est la patrie de Mère Teresa et en même temps, elle a produit les cartels criminels les plus durs qui sévissent aujourd'hui en Europe.

Grobert termina sa bière. Un barman venait d'arriver pour préparer l'ouverture et essuyait des verres. Il lui fit signe d'apporter une nouvelle tournée.

— Tout le pays est fait de strates, des époques successives qui s'empilent. Les Romains sont venus ici puis les Goths, les Normands, les Vénitiens (quatre siècles) puis les Ottomans (six). Ils ont eu un court moment d'indépendance avec leur roi. Le fameux roi Zog, ce qui veut dire « petit oiseau ». Un peu léger, au pays des aigles !

Il rit et Aurel se détourna pour ne pas voir sa denture jaunâtre.

— Ensuite les fascistes italiens ont volé dans les plumes du petit oiseau et les nazis les ont aidés. Dernier désastre en date : les communistes pendant quarante-cinq ans.

— Tous les pays sont comme ça, non ? Si on creuse…

— La grande différence est qu'ici les strates ne se recouvrent pas. Elles affleurent toutes. Elles cohabitent dans les consciences. Tu rencontreras des gens qui te parleront de la bataille du Champ-des-Merles comme s'ils s'y étaient battus eux-mêmes. C'était pourtant en 1389 !

Le garçon vint changer les verres et le commissaire lui dit quelques mots en albanais.

— Il faudra que tu ailles visiter Apollonia, reprit-il à l'intention d'Aurel. Ce sont des ruines romaines découvertes par un archéologue français au début du XXe siècle.

— J'ai lu ça sur internet. Qu'est-ce qu'il y a à voir ?

Mais Grobert n'avait aucune intention de parler tourisme. Il restait sur la conversation précédente.

— Tu sais ce qui m'est arrivé à Apollonia, un jour où j'amenais une délégation française ? Sur le parking devant les ruines, ma voiture est tombée dans un trou.

— Un grand trou ?

— En fait, c'est une de mes roues qui, tout à coup, s'est retrouvée dans le vide. On a jeté des pierres pour combler le fond et faire en sorte que le pneu touche. Mais les pierres disparaissaient comme dans un puits. Il a fallu tirer la voiture avec une dépanneuse. Et là qu'est-ce qu'on a vu ? Ce n'était pas un puits du tout. On avait percé le plafond d'une villa romaine enfouie.

— Pourquoi me racontes-tu cela ?

— Mais parce que c'est l'Albanie ! Tu parles à quelqu'un et tout à coup, hop, tu tombes dans un trou. Le type en face de toi n'est plus celui d'aujourd'hui. Ses réactions viennent d'une autre époque que tu croyais enfouie mais qui est là, en lui, toute proche et vivante. Voilà, c'est exactement cela : l'histoire, ici, est vivante.

Aurel était étonné d'entendre formuler quelque chose d'aussi juste par ce personnage qui faisait tout pour se donner des allures de bouffon. Son histoire de strates et de salles enfouies répondait exactement à ce qu'il avait senti depuis son arrivée : cette irruption du passé, à tout moment. Il en avait fait l'expérience dès son arrivée à l'aéroport quand tout à coup il s'était retrouvé en hiver avec sa délégation de petits pionniers.

— Le grand problème des Balkans, c'est l'histoire. Tu sais ce que disait Churchill de ces pays : « Trop peu de territoire ; trop d'histoire. »

— Tu crois que ceux que tu appelles « les jeunes » ne le savent pas ? Le petit Loïc a l'air assez calé sur l'histoire du pays…

Le commissaire avait pris un cure-dent sur la table voisine et il se fourrageait les incisives.

— Sans doute. Mais pour lui, le passé est une chose morte. Quand il te parle du communisme, c'est comme s'il te décrivait une autre planète. Nous, on l'a vécu. Là est toute la différence. Cette strate-là, comme chez les Albanais, elle est vivante pour nous.

— Qu'est-ce que ça fait comme différence ? demanda Aurel qui avait plutôt l'impression de traîner son passé comme un fardeau.

— La différence ? On sait que la réalité échappe à toutes les représentations simples. Les gens que nous avons en face de nous ne sont jamais seulement ce qu'ils prétendent être. Comme nous.

— Tu parles comme un vrai psychologue.

C'était au tour d'Aurel de se moquer un peu.

— Un psychologue ! s'énerva Grobert. Sois poli. Non, je parle comme un flic. Un flic qui sait tout simplement qu'ici tout est plus compliqué qu'il n'y paraît. Et surtout que tout est possible.

— Même mourir en 97 et être assassiné en 2024 ?

— Et pourquoi pas ? En 97, ici, c'était la guerre civile. Il y avait des armes partout. Les voyous pillaient les arsenaux. Des milliers de gens se sont jetés à la mer pour s'enfuir. Est-ce qu'on peut savoir ce qui est arrivé à ce type ? Et comment il a fait sa fortune ?

— C'est ce que tu vas dire aux gendarmes français ?

— Les gendarmes, si tu veux mon avis, ne trouveront jamais l'assassin. Ils finiront par conclure à un règlement de comptes entre mafieux et ils n'auront sans doute pas tort. En tout cas, je parie que le dossier sera classé.

— Et tu l'acceptes ?

Les premiers clients avaient investi le bar. L'atmosphère devenait très bruyante et, pour en rajouter, quelqu'un avait encore monté la sono.

— Quand j'ai choisi d'entrer dans la police, j'étais tout feu tout flamme pour la défense de la veuve et de l'orphelin, le châtiment des méchants. Un petit crétin, en somme. Aujourd'hui, mon idéal, c'est la retraite…

L'alcool avait un peu voilé son regard et, s'il y avait une lueur de honte dans ses yeux, il était presque impossible de l'apercevoir.

— Tu restes dîner ? Ils font des salades…

Mais Aurel prétexta un rendez-vous et préféra rentrer chez lui. Il s'arrêta sur la petite place devant le bar à la boutique El Camino, wines and spirits, un marchand de spiritueux très bien approvisionné puis, un peu plus loin, acheta au passage une pizza à emporter.

Le précédent consul adjoint avait laissé son appartement tout équipé et la reprise qu'avait payée Aurel lui permettait de ne rien avoir à acheter d'autre. Tout était meublé dans un style vaguement Ikea, sans charme mais pratique. Un ordinateur fixe et une imprimante, propriété du ministère, avaient été installés pendant la pandémie pour favoriser le travail à distance. Le wi-fi fonctionnait parfaitement. Comme beaucoup de pays, l'Albanie avait sauté l'étape du téléphone fixe, objet très rare sous le régime communiste. Le pays était entré directement dans l'ère numérique.

Aurel sortit sur son balcon. De là, il pouvait apercevoir au loin les lumières de la résidence. Il eut une pensée pour Amélie et se promit, dès qu'il le pourrait, d'essayer d'en apprendre un peu plus sur sa vie personnelle.

Il rentra et ces réflexions le ramenèrent à sa propre solitude. Il alla jusqu'à la cuisine, déboucha une bouteille, se servit un verre. Il s'assit et contempla le décor navrant qui l'entourait. Ses objets personnels lui manquaient. Il aimait transformer les lieux où il vivait de manière à ce qu'ils évoquent son enfance, en Roumanie, à la campagne. Lui manquait aussi le piano. Même si Amélie lui avait proposé d'utiliser le sien, rien ne remplaçait les rêveries qui s'emparaient de lui quand il jouait, seul, la nuit. Mais ce n'était pas tout. De quoi d'autre avait-il besoin dont l'absence le rendait mélancolique et vide ?

Soudain, il se leva. Oui, c'était cela. Il comprenait tout à coup. Il lui manquait toutes les photos qu'il accrochait aux murs lorsqu'il était habité par une énigme à résoudre, un combat à mener, un mystère à éclaircir.

En somme, il avait besoin d'une passion.

Le plus bizarre est qu'au moment où il était traversé par cette pensée, il se sentait envahi par une autre, qui le ramenait à l'histoire étrange de cet homme assassiné à Chamonix. Ce qui le retenait d'en faire la passion qu'il cherchait, c'était la conviction qu'il ne pouvait espérer jouer aucun rôle dans cette enquête. Il n'était investi d'aucun mandat et elle était menée en France par des services compétents. Commencer à s'engager dans cette affaire, c'était risquer d'éprouver rapidement une déconvenue qui serait d'autant plus douloureuse.

Il n'y a pas de dilemme de ce genre dont une bouteille de blanc ne puisse venir à bout. Pourquoi se priver de ce remède puisqu'il l'avait sous la main ? Il but trois verres coup sur coup, comme s'il absorbait un médicament prescrit par la Faculté. Il retourna sur le balcon, en attendant que le produit fasse son effet. Les fenêtres d'Amélie à la résidence s'étaient éteintes. L'air de la nuit était doux. Il apercevait au loin, sur les collines qui dominent Tirana, les petites lumières des villages qui entourent la capitale. Il resta un long moment à contempler les étoiles. Soudain, il eut l'impression que ses inhibitions avaient disparu.

— Au fond, qu'est-ce que je risque à en savoir un peu plus sur cette affaire ?

Il se sentait libre, détendu, sans angoisse. Il rentra et alla allumer l'ordinateur. Le mot de passe était écrit sur un post-it collé à l'écran. Internet était branché. Il afficha la fenêtre Google, fouilla dans sa poche, ressortit le rapport de gendarmerie et démarra ses recherches.

Il pianota jusqu'à trois heures du matin puis éteignit l'écran.

Une petite dizaine de feuilles l'attendaient sur l'imprimante. Il les étala sur le sol du salon, faute de disposer de punaises pour les fixer au mur.

Il alla ouvrir une autre bouteille, se servit un verre et revint contempler les tirages. Il sentait comme un frisson mauvais l'envahir. L'affaire, désormais, n'avait rien d'abstrait pour lui. Il n'avait plus le choix de s'y investir ou pas ; il était plongé dedans. Il ressentait avec bonheur tous les symptômes d'une nouvelle passion.

Cette certitude procédait d'une seule cause : la victime, maintenant, avait un visage.

VI

Le téléphone n'avait encore jamais sonné dans l'appartement d'Aurel. Quand l'appel retentit à dix heures, il crut qu'il annonçait la fin du monde. La sonnerie, d'un volume insupportable, semblait se répercuter sur les murs, au point de les faire vibrer. Aurel chercha l'appareil partout et finit par le découvrir dans un placard de l'entrée. Son prédécesseur ne devait se servir que de son portable.

— Vous êtes souffrant ?

C'était la voix d'Amélie, douce et sans la moindre trace d'ironie ni de reproche.

— Heu…, fit Aurel qui n'avait pas regardé l'heure et ne pensait pas qu'il était si tard, j'ai très mal dormi.

— Désolée de vous avoir éveillé.

— Pas grave.

— Je voulais seulement vous dire que je vais déjeuner tout à l'heure chez Gaëtan, l'homme dont je vous ai parlé. Pour le drone, vous vous souvenez ?

— Oui, oui.

— J'ai pensé que ce serait intéressant pour vous de le connaître.

Aurel bredouilla un remerciement.

— Restez chez vous. Je passerai vous chercher vers midi et demi. Il habite en dehors de Tirana, sur la côte, après Durrës. Il faut une trentaine de minutes pour y aller, à cause du trafic.

— Merci. Je vous attendrai en bas.

L'électroménager était resté en place et Aurel se prépara un café. Debout, sa tasse à la main, il se planta dans le salon au-dessus des photos qu'il avait étalées pendant la nuit. Dans l'état de demi-sommeil où il était, les images pénétraient intensément en lui. Une surtout le retenait et provoquait une vive émotion. On y voyait Marsel Rustemi, alias Marc Lumière, en gros plan, tenant une petite fille contre lui. Il regardait l'objectif et souriait tandis que l'enfant tournait la tête vers son père et posait sur lui un regard qu'on imaginait plein d'amour.

L'homme avait une tête carrée, des joues pleines et des yeux profondément enfoncés dans les orbites. Ses traits avaient un dessin qu'Aurel avait souvent rencontré depuis son arrivée dans le pays, au point qu'il lui apparaissait comme le type caractéristique du peuple illyrien. Il avait le cheveu noir et dru, coupé court. Sa barbe, bien que soigneusement rasée, ombrait sa peau d'un tramé gris sur une bonne moitié du visage. L'ensemble dégageait une impression de confiance et de force. Un type solide, devait-on dire à son propos.

Sans la présence de sa fille, Lumière/Rustemi aurait pu aussi bien évoquer la violence et la cruauté. Mais le regard porté sur lui était là pour contredire cette hypothèse et faire que ce même visage traduise tout au contraire la générosité, la bonté et l'honnêteté.

Aurel se plongea dans la contemplation de cette photo. Il laissa le temps passer ainsi jusqu'à ce que le soleil, en tournant, vînt frapper son balcon directement et rendît impossible de s'y tenir. Il rentra et alla ramasser les photos qui jonchaient le sol du salon, en les détaillant l'une après l'autre. Aucune n'avait la force du portrait en gros plan mais elles le complétaient. Marsel Rustemi y apparaissait dans son haras au milieu de superbes chevaux de course. On le voyait au volant d'une Mercedes décapotable dans le cadre d'un rallye de voitures anciennes. Il apparaissait de loin sur la photo de groupe d'un congrès professionnel à Vichy. Sur un cliché assez ancien, il était pris sur une piste de danse, au bras d'une femme dont il était impossible de savoir s'il s'agissait de son épouse décédée.

Cet ensemble n'apportait rien de décisif mais précisait le portrait physique et social du personnage. Rustemi était de petite taille, bien en chair mais, bien qu'un peu alourdi de graisse au fil des ans, il conservait une forte musculature dont témoignaient sa carrure large et ses avant-bras puissants.

Socialement, il était évident qu'il était mieux qu'intégré dans la vie locale en Berry. Sa présence à des dîners officiels ou professionnels montrait qu'il jouissait de longue date d'un statut de notable. Le prix de ses voitures et une vue partielle de sa maison, un petit manoir soigneusement entretenu, confirmaient que sa situation financière apparente était plus que confortable.

Aurel pensait aux paroles du commissaire sur les strates. Que penser d'un tel personnage ? Fallait-il s'en tenir à la surface, à l'impression de respectabilité bourgeoise qu'il dégageait, ou y avait-il dessous d'autres couches appartenant à des époques antérieures de sa vie qui auraient pu faire de lui, comme le supposait le policier, un mafieux soigneusement dissimulé derrière un paravent d'honorabilité ?

Pendant ses recherches, Aurel avait également retrouvé un article sur l'accident de bus scolaire qui avait coûté la vie à sa fille. En rapprochant l'image horrible des tôles calcinées et celle où la petite fille apparaissait à côté de son père, il se sentit envahi par l'émotion et presque au bord des larmes. Il avait toujours été habité par une révolte profonde et quasi existentielle contre la mort des enfants. Il s'en voulait de cette sensiblerie, qu'il jugeait ridicule mais qui plongeait ses racines profondément en lui.

Il regarda l'heure. Il était temps de se préparer, s'il ne voulait pas faire attendre Amélie. Il prit une douche, se rasa et, au moment de s'habiller, hésita. Il faisait chaud, la maison où ils se rendaient était située sur la côte. Il chercha un pantalon léger et ne trouva qu'un bas de costume en alpaga qu'il avait déniché dans une friperie à Vienne alors qu'il devait prendre part à un grand bal avec sa femme. Cela remontait à quinze ans puisqu'elle devait le quitter exactement deux mois plus tard. Comment cet oripeau s'était-il retrouvé dans sa valise ? Il n'en avait pas souvenir. Il enfila ensuite une guayabera puisqu'il en avait rapporté un paquet du Mexique. Il fut tenté d'en rester là mais il s'avisa qu'ils étaient en quelque sorte en visite officielle au titre de l'ambassade. Il compléta sa tenue avec son gros veston en tweed, faute de rien découvrir de mieux dans ses affaires.

Il peigna soigneusement la couronne de cheveux gris qui entourait son crâne luisant de sueur. Il but le reste de blanc qui traînait dans une des bouteilles qu'il avait vidées pendant la nuit. Puis il descendit les quatre étages à pied, histoire de faire un peu d'exercice.

Amélie arriva bien à l'heure dans la Citroën C6 bleue de fonction. En ouvrant la portière, Aurel la découvrit, minuscule, perdue sur la large banquette arrière. Elle était vêtue comme à l'ordinaire de l'uniforme de sa génération, jean, baskets et T-shirt, qu'elle avait imposé à toute son équipe.

— Ce n'était pas la peine de vous habiller. Gaëtan est un homme très simple, j'aurais dû vous le dire.

Aurel marmonna une réponse inaudible, sans oser avouer qu'il n'avait rien d'autre à se mettre.

— Vous n'avez pas encore rencontré Ismaïl, dit Amélie, en désignant le chauffeur.

— Bonjour monsieur, fit Aurel.

— Vous pouvez l'appeler par son prénom !

— Et me tutoyer, compléta le jeune homme en se retournant pour serrer la main d'Aurel.

Il avait le teint basané et de petits cheveux noirs, courts et frisés, qui rappelaient à Aurel la pelisse à laquelle tenait tant sa grand-mère et qui portait le nom mystérieux d'astrakan.

— Ismaïl est franco-marocain. Il est venu ici pour monter une start-up informatique. Je crois savoir aussi qu'il a suivi une fille.

Elle fit un clin d'œil et le jeune chauffeur opina, en laissant paraître un large sourire dans le rétroviseur.

— Il nous fait l'amitié de travailler pour nous de temps en temps avec un contrat local. Ça le dépanne et nous aussi. Tu penses qu'on peut y être dans une demi-heure, Ismaïl ?

— Le trafic n'est pas trop dense pour un jour de semaine. On devrait y arriver.

L'autoroute s'élevait dans des collines couvertes de pins maritimes et, par instants, on découvrait les derniers faubourgs de la ville, en contrebas.

— Tirana s'est beaucoup étendue depuis la fin de la dictature, dit Amélie qui avait chaussé des lunettes de soleil à la monture incrustée de strass.

Ils roulèrent en silence, chacun regardant dehors par sa vitre. Aurel se demandait si la jeune cheffe de poste était au courant de l'affaire Rustemi. Le commissaire et elle n'avaient pas l'air de beaucoup communiquer. Il préféra la laisser venir mais elle n'en parla pas. Elle revint sur l'homme qu'ils allaient rencontrer.

— Chaque fois qu'un nouvel ambassadeur arrive à Tirana, les Albanais s'amusent à lui dire que le véritable représentant de la France ici, c'est Gaëtan. Certains s'énervent. Moi, j'ai plutôt rigolé. Et il est devenu un véritable ami.

— Comment est-il arrivé ici ?

— Il vous le racontera. Entre nous, ça reste assez mystérieux. Il y a quarante ans, pratiquement aucun étranger venu de l'ouest n'était toléré en Albanie, à part quelques diplomates. Il a traversé tous les régimes, toutes les crises.

— Un marchand d'armes ? Un espion ?

— Certains le pensent et il ne les détrompe pas. On dirait même qu'il s'en amuse. En vérité, il a monté toutes sortes d'entreprises et dans des secteurs très variés. Il a même fait le commerce des grenouilles…

— Des grenouilles !

— Elles sont très bonnes, ici, paraît-il. Des grenouilles sauvages. Il les faisait ramasser dans les marais par des bandes de gamins et il les chargeait, en état de dormance, sur des camions frigorifiques vers l'Europe.

— On gagne beaucoup, avec des grenouilles ?

— En théorie, oui. Mais il fallait traverser les Balkans et, en cas de contrôle, si les douaniers faisaient ouvrir le chargement, les grenouilles, saisies par la chaleur, faisaient une crise cardiaque et crevaient. Avec toutes les frontières qu'il fallait franchir, il n'y en avait plus une de vivante à l'arrivée.

Amélie riait de bon cœur mais Aurel était indigné. Il détestait les grenouilles individuellement et n'aurait pas pu en saisir une dans la main. Mais l'idée de ces massacres de masse le répugnait. Il s'identifiait immédiatement à ces pauvres bêtes déportées.

— Ainsi, dit-il sur un ton pincé, ce monsieur a fait fortune dans les grenouilles ?

— Mais non. Heureusement, il a monté des business plus sérieux. Il vous en parlera sans doute.

Ils avaient contourné le port de Durrës et longeaient le littoral. Le bord de mer était dissimulé par de hauts murs. Soudain, ils s'arrêtèrent devant une barrière. Un vigile vint la relever et la voiture emprunta une route intérieure jusqu'à un nouveau portail qui s'ouvrit automatiquement à leur approche. Ismaïl gara la voiture au pied d'un escalier monumental.

À l'entrée de la maison de Gaëtan, les visiteurs étaient accueillis par une autruche grandeur nature, soigneusement empaillée. Ils pénétraient ensuite dans un vaste salon organisé autour d'un pilier central sur lequel étaient peintes des figures de l'histoire albanaise. L'architecture du bâtiment s'enroulait sur cet axe. Les murs étaient arrondis, couverts de toutes sortes de tableaux, du réalisme socialiste aux scènes de bataille monumentales. Partout, des livres écrits en diverses langues étaient empilés dans un apparent désordre qui devait être rigoureusement organisé.

Un piano à queue, perdu dans ce vaste espace, jouait seul et Aurel s'en approcha, fasciné. Les touches et même les pédales s'abaissaient d'elles-mêmes comme si un invisible pianiste les avait actionnées, et l'instrument parfaitement accordé rendait un son puissant d'une qualité rare.

— Ah ! Je parie que vous n'aviez jamais vu cela, clama une voix qui fit sursauter Aurel.

Il se retourna vivement et l'inconnu qui se tenait derrière lui tendit la main.

— Gaëtan, dit-il. Soyez le bienvenu.

— Aurel, mon nouvel adjoint, précisa Amélie.

L'homme était de haute taille, svelte, tout vêtu de blanc. Son visage et son crâne soigneusement rasés semblaient taillés dans une bille d'ivoire. Avec une grande économie de moyens, il pouvait soit se durcir pour revêtir une froide dignité, soit s'attendrir, en provoquant une immédiate sympathie. Le nez pointu, les yeux mi-clos, presque bridés, la bouche fine révélaient une attention aiguë, une acuité de perception et la capacité de répondre à tout danger avec une promptitude désarmante. Il y avait dans cette physionomie quelque chose de félin qui évoquait les grands fauves de savane. Avait-il conscience de l'effet qu'il produisait ou fut-ce par hasard que, restant dans le registre animal, il demanda :

— Avez-vous vu ma girafe ?

Aurel, perplexe mais se contraignant à la politesse, le suivit. En descendant quelques marches, il découvrit une girafe véritable, taxidermisée comme l'autruche de l'entrée, qui le dominait de toute sa hauteur. À côté d'elle, un crocodile se prélassait sur un rocking-chair et un lama redressait la tête avec une expression de mépris. Aurel se pencha pour admirer la manière dont la tête du lama avait été naturalisée.

— Non ! s'écria Amélie.

Il était trop tard. Actionnant discrètement une commande sur son smartphone, Gaëtan avait déclenché un jet d'eau qui, par un petit tuyau, sortit de la bouche du lama et aspergea Aurel. Faisant mine de venir à son secours, il se précipita, une serviette à la main.

— Je suis vraiment navré. Ces animaux ne savent pas se tenir.

Amélie se tordait de rire.

— Voilà, Aurel, vous êtes au courant maintenant, dit-elle. Ce n'est pas une maison sérieuse. Mais rassurez-vous, nous y avons tous eu droit la première fois.

Gaëtan, très digne, les conduisit sur la terrasse circulaire qui entourait la maison et ils prirent place autour d'une table. Un bois de pins s'étendait en contrebas et descendait jusqu'à la plage. On apercevait la mer au loin entre les troncs. Un serveur philippin vint prendre la commande des boissons, au grand soulagement d'Aurel.

— Alors, Amélie, dis-moi tout. Tu as des soucis ?

La jeune femme fit un résumé de l'affaire concernant la touriste égarée.

— Elle n'a pas réapparu ?

— Pas pour le moment.

— Nous sommes en été, il ne faut pas trop s'inquiéter.

— Non, fit Amélie un peu penaude. Ce n'est pas tellement pour elle que je m'inquiète.

Pendant que le serveur déposait des bières sur la table, elle fit alors le récit de la perte du drone. Gaëtan l'écouta attentivement, le visage tendu.

— Je ne crois pas trop à cette histoire d'aigle, trancha-t-il. Les flics albanais n'ont pas été bien formés pour conduire cet engin. Je le leur avais dit. Ils ont dû le planter et ils ont pris le prétexte de l'aigle parce qu'ici, ça marche toujours.

— En attendant, nous n'avons pas les moyens de leur en acheter un autre et la ministre doit être furieuse.

Gaëtan réfléchit un instant en buvant sa bière. Ses gestes à eux seuls dégageaient une autorité, une maîtrise de soi qu'Aurel admirait d'autant plus qu'il aurait tout donné pour l'acquérir. Il était, lui, toujours à contretemps. Il suscitait l'hilarité quand il voulait en imposer. Et lorsque tout le monde était d'humeur à plaisanter, il cassait l'ambiance avec un sérieux hors de propos.

— Écoute Amélie, dit Gaëtan, tu sais que tu peux compter sur moi. Quand il s'agit de la France, j'en fais toujours une affaire personnelle.

Aurel avait remarqué, en traversant le salon, que les portraits officiels de tous les présidents de la République étaient religieusement accrochés au mur, sous un drapeau tricolore.

— Justement, la ministre de l'Intérieur vient dîner à la maison demain soir. On a prévu cela de longue date parce que ce sera son anniversaire. Ça ne peut pas mieux tomber. Elle sera ravie de te voir et tu pourras lui expliquer l'affaire.

— Tu penses qu'on pourra parler ?

— Je la verrai un peu avant et je vais réfléchir à la proposition qu'on peut lui faire pour la calmer.

On sentait qu'il voulait avoir les coudées franches et Amélie ne lui posa pas de questions sur la manière dont il comptait s'y prendre. Elle mit la conversation sur Aurel, provoquant la panique de celui-ci qui se retrouva d'un coup l'objet de toutes les attentions.

— M. Timescu a un parcours très atypique dans la diplomatie.

Gaëtan opina, suggérant par son sourire qu'il avait déjà noté l'étrange accoutrement du nouveau consul adjoint.

— Je suis roumain, dit Aurel, en se demandant lui-même en quoi cette proclamation pouvait être pertinente.

— Il a beaucoup de talents cachés, tu verras, continua Amélie. Par exemple, c'est un excellent pianiste. Il n'a pas son pareil pour animer une soirée.

— C'était mon premier métier. Je jouais la nuit dans les bars.

— Magnifique ! Vous voulez essayer mon piano ?

— Mais il me semble qu'il joue tout seul...

— En effet, mais si on le débranche, il redevient un vrai piano. Venez voir.

Aurel regretta de s'être laissé entraîner sur ce sujet. D'un autre côté, il ressentait tellement le manque de son instrument qu'il n'avait pas la force de résister à la proposition.

— Alexia, coupe le piano ! cria Gaëtan.

— Notre ami est le roi de la domotique. Tout est télécommandé ici.

— Même le lama, ironisa Aurel avec un petit sourire mauvais.

— Sans rancune, j'espère. Allez, venez voir le piano.

L'instrument s'était tu et il attendait sagement, comme une bête apprivoisée. Aurel s'installa, régla le tabouret et plaqua un accord. Le son était profond et il sentit tout de suite que la machine et lui allaient s'entendre.

Il commença par une pièce de Mozart, en ayant bien conscience que, pour un mélomane averti, son jeu n'avait rien de remarquable. Il était plus à l'aise sur le jazz et la variété.

— Il chante aussi. Tu vas voir. Interprétez-nous *La Foule.*

Aurel se mit à chanter Piaf et ce contre-emploi, à la fois comique et émouvant, déclencha un grand rire de Gaëtan.

— Vous connaissez *Göttingen*, de Barbara ? demanda-t-il.

Aurel enchaîna sur le morceau sans hésitation.

— Excellent ! Les Albanais vont adorer. Venez dîner demain aussi, vous allez faire un tabac.

Amélie et son hôte regagnèrent la terrasse pour déjeuner. Aurel demanda s'il pouvait rester au piano. Il n'avait pas faim et jouer à nouveau lui procurait un tel bonheur… Ils le laissèrent tout à son plaisir et il ne les rejoignit que pour le café. Gaëtan était tout à fait conquis.

— Tâchez d'arriver un peu avant, en fin d'après-midi par exemple, pour que nous mettions au point un petit récital.

Ils repartirent à trois heures vers la capitale.

— Gaëtan vous a adopté, dit Amélie dans la voiture. Vous verrez, c'est une amitié précieuse. Personne ne connaît mieux ce pays que lui.

VII

Ils étaient restés silencieux dans la voiture sur le trajet de retour. Amélie, un peu attaquée par ce qu'ils avaient bu, s'était endormie. Au gré des virages, elle avait appuyé sa tête sur l'épaule d'Aurel et celui-ci n'osait pas bouger de peur de l'éveiller.

À l'ambassade, elle était montée à la résidence et il s'apprêtait à demander à Ismaïl de le déposer chez lui. Mais Elmira le guettait et elle se précipita dans la rue pour l'appeler.

— Je vous attendais, dit-elle tout essoufflée. Je crois que c'est… urgent.

Aurel la suivit jusqu'aux bureaux du consulat.

— Voilà, annonça-t-elle fièrement, j'ai reçu les papiers d'état civil.

La conversation, la musique et le trajet avaient un peu distrait Aurel et il ne comprit pas tout de suite de quoi elle parlait.

— Pour ce monsieur qui a été assassiné en France. Rustemi.

— Oui, bien sûr. Et alors ?

— Les documents sont en albanais, je vais vous les traduire.

— Volontiers.

Elmira passa derrière son bureau et il s'assit sur une petite chaise métallique en face d'elle.

— C'est très intéressant, je crois. Il y a d'abord le certificat de naissance de ce monsieur. Il est bien né à Theth et a été enregistré à Shkodër, la capitale régionale. Rien d'étonnant à ce que le registre ait été bien conservé. Pendant le communisme, ces renseignements-là étaient traités soigneusement. Rien n'échappait à la dictature, surtout pas les naissances.

— Très bien, mais cela ne nous apprend pas grand-chose, remarqua Aurel qui ne comprenait pas pourquoi elle s'agitait.

— Attendez ! Ce n'est pas tout.

— Voyons la suite.

— Nous avons aussi la déclaration de décès. Toujours à Shkodër, le 3 juillet 97 comme ma cousine me l'avait dit au téléphone. Un tel papier est déjà plus rare.

— Pourquoi ?

— Mais 97, c'était la guerre civile. Le pays a plongé dans le chaos total pendant plusieurs mois. La plupart des événements comme les naissances ou les décès n'ont pas été enregistrés. Les gens ne pouvaient pas sortir de chez eux. C'était trop dangereux.

Aurel, en regardant la secrétaire, se demandait quel âge elle pouvait avoir. Pas beaucoup plus de trente ans. Elle n'avait probablement pas de souvenirs de ce temps-là. Pourtant, elle en parlait avec émotion, presque terreur, preuve que ces strates d'histoire, comme aurait dit Grobert, étaient bien vivantes dans son esprit.

— Et même quand l'enregistrement a pu être fait, poursuivit-elle, la trace n'en a pas toujours été conservée car de nombreux bâtiments publics ont brûlé ou ont été pillés.

— Eh bien, je vous félicite, dit Aurel en réprimant un bâillement. Vous remercierez votre cousine.

Il se disposait à se lever mais Elmira l'arrêta.

— Je n'ai pas fini ! Et j'ai gardé le plus important pour la fin.

— Allez-y.

— Sur l'extrait d'acte de décès, il est mentionné que ce M. Rustemi Marsel était marié.

— Avec une Française, Gisèle Lumière, je sais.

— Non.

Fière de son effet, Elmira se redressa et regarda Aurel avec une expression de défi.

— Avec qui était-il marié, alors ?

Elle fit un peu attendre sa réponse.

— Vous le savez, au moins ? s'impatienta Aurel.

— Bien sûr.

— Alors ?

Elle fouilla dans ses papiers et prit son temps pour répondre.

— Avec une certaine Donica Kukeç, née à Tropojë la même année que lui. Le mariage a eu lieu en 1992 et nous en avons retrouvé la trace dans les mêmes archives, toujours à Shkodër.

— Donc, s'il n'est pas mort, il a abandonné sa femme.

— Et sa fille, proclama Elmira, avec un sourire de victoire.

— Il a eu une fille ?

— Une fille prénommée Alma, née le 8 juin 1992 à Tropojë.

Aurel était tout à fait revenu à lui. Il mesurait la portée de ces informations. Devant ses yeux, en même temps, se projetait l'image de Marc Lumière tenant dans ses bras une autre enfant. Toujours les strates.

— Savez-vous ce que sont devenues la mère et la fille ?

— La fille, je l'ignore. Mais pour la mère, nous sommes en possession d'un dernier document. Ma cousine a travaillé très sérieusement.

— Qu'en est-il ?

— Elle est morte à l'hôpital régional de Shkodër le 5 mai 2020, en pleine épidémie de Covid.

Aurel remercia Elmira sans y mettre beaucoup de chaleur tant il était absorbé par ses pensées, et elle parut un peu déçue. Il se leva et alla s'enfermer dans son bureau. Il s'assit, prit sa tête dans ses mains et ferma les yeux.

L'affaire prenait une tournure tout à fait nouvelle. D'un côté, le mystère s'épaississait, mais d'un autre elle ouvrait des perspectives très claires. Lumière avait perdu sa femme et sa fille en France. S'il n'avait pas pris d'autres dispositions, c'est sa fille Alma qui devenait son héritière. Un notaire devait être chargé de la succession. Il entrait dans les fonctions du consulat de l'informer de ces faits. Aurel aurait donc toute autorité, en vertu de ces questions civiles, pour se mêler de cette affaire. Par ailleurs, compte tenu du parcours pour le moins singulier de la victime, l'enquête ne pouvait se limiter à la France. Mener des recherches en Albanie devenait une nécessité, ne serait-ce que pour préparer une commission rogatoire, si elle devait être nommée par le parquet.

Un frisson délicieux parcourut l'échine d'Aurel. La passion qu'il ne croyait plus pouvoir retrouver lui était de nouveau offerte. Il allait pouvoir se plonger complètement dans cette affaire et l'ennui qui le guettait depuis son arrivée était écarté, provisoirement peut-être mais c'était toujours cela de pris.

Il se leva et, d'un pas décidé, se dirigea vers la chancellerie pour mettre Amélie au courant de toute l'affaire.

Les portes des bureaux de la chancellerie restaient toujours ouvertes. Cela faisait partie de l'ambiance de travail « cool » que la jeune équipe et sa cheffe avaient souhaité installer. Tout le monde pouvait circuler d'un espace à l'autre sans avoir à frapper. Il était entendu que personne n'avait de secret pour personne.

Aurel put donc entrer dans le bureau d'Amélie alors qu'elle était au téléphone. Elle avait l'air très concentré. Elle lui fit signe de s'assoir et mit un doigt sur sa bouche pour lui indiquer qu'il devait garder le silence.

D'après ce qu'Aurel comprenait de la conversation, la jeune trekkeuse française avait été localisée. Elle s'était présentée à des villageois dans la montagne. Elle était apparemment saine et sauve, même s'il semblait qu'elle avait été victime d'une chute dans un ravin. Elle s'en était sortie seule mais un doute subsistait quant à une éventuelle fracture. Elle avait été transportée jusqu'au premier bourg doté d'un poste médical. Le trajet à l'arrière d'une vieille Mercedes classe C, la voiture fétiche de l'après-communisme dont il restait encore de nombreux exemplaires hors d'âge dans les campagnes, avait été particulièrement pénible. Elle avait eu une forte fièvre mais son état de santé n'inspirait plus d'inquiétude. Amélie écouta encore d'autres explications, transmises par un interlocuteur qui s'exprimait dans un mauvais anglais. Elle finit par raccrocher, la mine préoccupée.

— Bonne nouvelle, elle est vivante, dit-elle à l'intention de Loïc qui avait passé la tête dans le bureau. Mais à part cela, que des emmerdes.

— Il va falloir organiser son rapatriement, dit le jeune conseiller qui avait entendu la fin de l'échange.

— Oui mais on sait faire. Le plus grave est que cela apporte de l'eau au moulin de la ministre de l'Intérieur et elle sera d'autant plus furieuse. Elle a toujours affirmé que la fille ne risquait rien et maintenant, elle va dire qu'on lui a cassé son drone pour un caprice.

— Tu veux que j'aille voir la fille tout de suite ? proposa Loïc.

— Non. Ils vont la descendre à Vlorë. On ira la chercher là-bas ensemble demain matin.

— Bon, j'avertis Ismaïl pour qu'il soit prêt à la première heure.

Loïc sorti, Amélie demanda à Aurel ce qu'il voulait.

— Je voulais vous exposer une affaire assez compliquée.

— Ce n'est vraiment pas le moment.

— J'insiste.

— Allez-y mais résumez, s'il vous plaît.

Amélie connaissait les circonlocutions qu'employait Aurel quand il tentait d'expliquer quelque chose. C'était un des moyens qu'il utilisait pour dissuader ses supérieurs de lui donner du travail. Là, cependant, c'était autre chose. Il agissait de son propre chef et, dans ces cas-là, il était capable d'aller droit au but.

Il résuma, en termes simples et clairs, l'assassinat de Marc Lumière, la double famille de la victime et les implications de cette situation pour l'ambassade.

— Je me demandais, conclut-il, si vous étiez au courant. Le commissaire ne vous avait pas parlé de cette affaire ?

— Grobert ne nous parle *jamais* de rien, dit Amélie avec amertume. Vous l'avez sans doute noté : il nous méprise et nous prend pour de jeunes incapables.

Aurel était gêné de ne pas pouvoir la contredire.

— Si je comprends bien, vous voulez vous occuper de l'aspect successoral de ce décès ? Là-dessus, pas de problème. Tenez-moi seulement au courant. En revanche...

Elle le regarda avec un petit sourire.

— ... je vous connais. Vous mourez d'envie de vous mêler de l'enquête. N'oubliez pas que nous n'avons aucune légitimité à le faire. Si les Albanais apprennent que nous nous substituons à leur police, ils peuvent très mal le prendre. Avec les ennuis que nous avons en ce moment, cela n'arrangerait pas nos affaires.

— C'est bien pour cela que je compte m'appuyer sur Grobert.

— Ce n'est pas son rôle non plus, mais il est déjà plus légitime pour s'occuper d'enquête et il connaît tout le monde dans la police ici.

— Merci.

— Je vous dis cela mais franchement je ne crois pas que vous arriverez à quoi que ce soit avec ce personnage. Je serais surprise qu'il accepte de collaborer avec vous. Il est parti en virée dans le Sud jusqu'à demain matin, à ce que je sais. Il passe beaucoup de temps dans les night-clubs de la côte. En théorie pour interroger ses informateurs, ajouta-t-elle avec un petit sourire.

— J'irai lui parler à son retour, dit Aurel, en prenant un air modeste. Nous verrons bien.

Il remercia, souhaita bonne chance à Amélie pour son voyage du lendemain matin et recula vers la porte.

— En ce qui me concerne, dit-elle, je rentrerai demain en fin d'après-midi. Ne m'attendez pas pour vous faire conduire chez Gaëtan, je vous rejoindrai pour le dîner.

Aurel passa la nuit à se préparer, comme un preux qui va être nommé chevalier. Il mangea peu, ne but rien et se coucha tôt. Il avait en tête toute une stratégie pour lever l'obstacle Grobert. Sans attendre l'aide du commissaire, il espérait a minima obtenir qu'il ne lui mette pas de bâtons dans les roues.

Au matin, après une douche et un rasage soigneux, il saisit l'annuaire de l'ambassade qui traînait par terre dans le même placard que le téléphone et il se mit à la recherche du policier. Il le trouva avec une étonnante facilité, simplement en appelant le portable de service.

— Bonjour, commissaire.

Il s'attendait à des grognements mais, parfaitement éveillé, Grobert lui coupa tout de suite la parole.

— J'attendais ton appel, dit-il.

— Vous… tu attendais mon appel ? Mais…

— Te fatigue pas. Elmira m'a tout raconté. Viens me rejoindre au bureau.

— Au bureau ?

— Oui, il m'arrive d'y aller ! Surtout quand il n'y a personne. Rez-de-chaussée de la chancellerie, dernière porte à gauche dans le couloir. Il y a marqué « Accès interdit » mais frappe et je t'ouvrirai.

Aurel se précipita dans l'escalier, sans même prendre le temps d'enfiler sa veste. Il trotta jusqu'à l'ambassade et, oubliant de saluer le garde, il s'engouffra dans l'immeuble.

Il trouva Grobert avachi derrière son bureau, une cigarette à la bouche, en train de lire un hebdomadaire français.

— Alors, voilà notre fin limier ! Un café ?

— Non, merci.

— Moi, je m'en fais un.

Le policier se leva avec une grimace de douleur.

— Ma hanche ! Toujours la même histoire. Quand on est en bonne santé, on bosse. Et quand arrive la retraite, plus rien n'est d'aplomb.

Il se mit à fourrager dans une machine à expresso posée sur une petite étagère.

— Je savais bien que tu ne lâcherais pas l'affaire, dit-il en tournant le dos à Aurel. Je connais ton passé. C'est plus fort que toi. La veuve et l'orphelin…

Il revint s'assoir avec sa petite tasse. Nouvelle grimace.

— Je vais te dire : ça m'est égal. Et même ça m'amuse. Il est exact que, tout seul dans mon coin, j'en ai un peu marre de ce boulot.

Il versa un sachet d'édulcorant dans son café et se mit à le touiller avec une petite cuillère. Puis il posa un regard amusé sur Aurel.

— Mais quand je vois quelqu'un comme toi qui se passionne pour une affaire, je vais te dire : ça me rappelle ma jeunesse. Et même, ça me fait plaisir.

Aurel se sentait un peu bête, avec son argumentaire en tête qu'il avait mille fois répété pendant la nuit.

— Attention ! Je ne veux pas dire que je sois convaincu. Pour moi, ton affaire est simple : un type a eu l'occasion de se barrer en 97 à cause des troubles. Il a plaqué femme et enfant et a refait sa vie avec une bonne Française friquée. Il a continué ses affaires de mafieux et un beau jour, pan ! pan ! Un concurrent l'élimine. Voilà ce que je pense mais OK, je te laisse suivre ta piste car bien sûr tu en as une. Que le meilleur gagne. J'ai toujours été joueur.

— Je n'ai pas de piste.

— En tout cas, tu ne crois pas à mon scénario.

— Je ne crois pas que ce Lumière ait été un mafieux.

— On va bien voir. Par où veux-tu démarrer ?

Aurel était un peu désarçonné. Il ne s'attendait pas à ce que les choses soient si faciles. Grobert avala son café d'un trait et fit une moue.

— Voici ce que je te propose : on commence par appeler les gendarmes en France pour voir où ils en sont. De toute façon, il faut qu'on les informe de ce qu'on a trouvé ici.

VIII

Le commissaire l'avait bien dit : c'était un jeu. Ils se faisaient face, chacun d'un côté de la table, comme des joueurs de poker.

— Je lance.

— Je suis.

Grobert fouilla dans un annuaire et composa un numéro sur son téléphone crypté. Il brancha le haut-parleur pour Aurel.

— Allô ? Section de recherche de la brigade de gendarmerie d'Annecy ? Je suis le commissaire Grobert, attaché de police à l'ambassade de France à Tirana. Oui, Tirana. En Albanie, c'est bien cela.

Aurel admira l'habileté de Grobert. Il avait pris une voix ferme et presque militaire qui devait inspirer confiance à l'autre bout du fil. Le gendarme sanglé dans son uniforme au fond de sa caserne ne pouvait pas se douter qu'il avait en ligne un type en bermuda et en tongs, vautré sur son bureau, les yeux pochés, qui revenait d'une virée dans les boîtes de nuit de la riviera albanaise.

Il fallut attendre un temps assez long pour que le standardiste mette la main sur l'enquêteur responsable de l'affaire.

— Allô, ici le maréchal des logis-chef Bardy. Qui est à l'appareil ?

Grobert se présenta et mentionna la présence du consul adjoint de l'ambassade.

— Nous sommes sur haut-parleur. Il vous entend aussi.

— Bonjour, monsieur le Consul.

— Vous aviez sollicité l'ambassade pour vérifier l'état civil de M. Lumière, dit Grobert. Nous avons recueilli certaines informations qui peuvent vous être utiles.

Il présenta les données récoltées par Elmira grâce à sa cousine.

— Je note tout cela. Si vous pouvez m'envoyer un petit résumé, ça nous aidera. Je suppose que les documents sont rédigés dans la langue locale.

— Bien sûr. Dès que je raccroche, je vous les transfère.

Grobert sentit que le gendarme considérait leur échange comme terminé. Sur un ton professionnel, de collègue à collègue, il le relança.

— Est-ce que je peux vous demander où vous en êtes dans l'enquête ?

Le gendarme résuma les faits, reprenant pour l'essentiel ce qui figurait déjà dans le rapport transmis à l'ambassade.

— Affaire difficile, vraiment, compatit Grobert. J'imagine que vous n'avez pas beaucoup progressé dans l'identification du tueur ?

— On peut dire pas du tout. Il y a quand même un fait qui nous donne un peu d'espoir. Je vous ai dit que l'assassin était un motard. Une grosse cylindrée immatriculée en Suisse. Évidemment, il était casqué. Mais quand il s'est approché de Marc Lumière, sa victime, il a retiré son casque intégral et l'a enfilé sur son coude gauche. Il y avait des touristes à proximité et ils ont donc vu son visage.

— Personne n'a pris de cliché du tueur ? intervint Aurel. Ils étaient en train de photographier la montagne.

— Non, après les coups de feu, tout le monde est resté tétanisé. Mais différents témoins nous ont aidés à bâtir un portrait-robot. Je vous l'envoie par mail si vous voulez. Nous avons recueilli une autre information surprenante. La touriste anglaise qui se trouvait le plus près du tueur l'a entendu prononcer avant de tirer une phrase à voix suffisamment haute pour que la victime l'entende.

— Qu'est-ce qu'il a dit ?

— Le témoin n'a rien compris. En dehors de l'anglais, elle parle assez bien le français et l'italien, et elle affirme que le tueur n'a utilisé aucune de ces trois langues. Pourtant, M. Lumière a eu l'air de comprendre. Il s'est tourné vers son agresseur sans chercher à fuir, et il a gardé les yeux grands ouverts.

— Étrange, en effet. Rien d'autre ?

— Après avoir abattu M. Lumière, l'assassin s'est approché du cadavre et il l'a retourné en utilisant sa main gauche qui était restée gantée de cuir pour ne laisser aucune trace. Il voulait sans doute vérifier que l'homme était bien mort.

— Un professionnel.

— En tout cas, un type de sang-froid.

— L'autopsie ?

— RAS. Les balles sont d'un calibre courant, du 9 mm. On n'a évidemment pas retrouvé l'arme.

— Donc, si je comprends bien, vous n'avez pas de piste pour le moment ?

— Sur les ordres du juge d'instruction nous cherchons vers la Suisse puisque la moto portait une plaque de ce pays et que l'assassin s'est enfui en direction de la frontière. Mais rien de tangible. Nous regardons aussi dans le milieu hippique, compte tenu de la profession de la victime. À vrai dire, nous n'en sommes qu'au début.

Aurel fit signe au commissaire qu'il souhaitait intervenir.

— Ah ! M. le Consul souhaite vous poser encore quelques questions. Il s'occupe de la succession, vous comprenez ?

— Avez-vous idée de la fortune que laisse la victime ?

— Apparemment, une grosse maison à Lignières, une entreprise hippique et des comptes en banque assez bien garnis.

— Vous avez pu vérifier si sa comptabilité était saine ? demanda Grobert qui n'avait pas oublié qu'il avait misé sur la carte mafieuse dans la partie qu'il jouait avec Aurel.

— Nous sommes en train de l'éplucher. Mais à première vue, tout est parfaitement légal. L'homme avait une excellente réputation. Rien ne peut laisser penser qu'il trempait dans des trafics ou des affaires louches.

Aurel encaissa le point avec modestie, en clignant des yeux.

— Les décès de sa femme et de sa fille ne vous paraissent pas suspects ? intervint-il.

— Mme Lumière a fini ses jours au terme d'une longue maladie dans un hôpital public. Quant à sa fille, l'enquête a pu démontrer que le chauffeur du car était sous l'emprise de stupéfiants et qu'il s'était endormi.

— À part sa femme et sa fille, il n'avait aucune autre parentèle en France ?

— Pas à notre connaissance.

— Je suppose qu'un notaire s'occupe de la succession, intervint Aurel. Compte tenu des éléments que nous avons réunis, il faudrait que nous nous mettions en rapport avec lui. Sans autre famille en France, les héritiers de M. Lumière, s'il y en a, se trouvent en Albanie.

— En effet. Un notaire m'a d'ailleurs appelé hier pour savoir si votre ambassade avait pu se procurer l'état civil d'origine du défunt. Je dois avoir son nom quelque part.

On entendait dans le haut-parleur des bruits de feuilles déplacées sur une table.

— Voilà ! Il s'agit de maître Rappanaux, notaire à Lignières. Maintenant, je vous prie, vous allez m'excuser. Je dois entendre un témoin dans une autre affaire.

Grobert remercia le gendarme et raccrocha.

— Balle au centre, fit-il. Personne ne gagne. J'ai quand même une légère avance. Il y a deux cent mille Albanais en Suisse, dont deux mille en prison pour activité mafieuse.

— À ce que j'ai lu, objecta Aurel, qui se souvenait de ses recherches sur internet, ce sont surtout des Kosovars.

— Point accordé ! répondit Grobert avec le sourire entendu d'un tricheur pris la main dans le sac. Mais ce Rustemi vient du nord et le Kosovo est juste de l'autre côté de la frontière. Il y a beaucoup de liens entre les familles de part et d'autre.

Pendant la conversation avec le gendarme, Aurel avait griffonné des notes sur un carnet. L'une d'elles était entourée d'un double cercle.

— Cette histoire de casque… Quel besoin avait le tueur de se laisser voir ? Pourquoi a-t-il enlevé son casque ?

— Il avait chaud, ricana Grobert.

— Dans les règlements de comptes, il me semble que les individus qui tirent sont plutôt encagoulés ou casqués.

Pourquoi s'est-il découvert sinon pour se faire reconnaître ?

— Une fanfaronnade. Pour montrer qu'il n'avait peur de rien. Pour signer son crime. On l'oublie mais la moitié des mafieux sont mégalos. Et ceux des Balkans plus encore que les autres.

Mais Aurel n'y croyait pas et il secouait la tête.

— Tu ne m'ôteras pas de l'idée que l'assassin et la victime se connaissaient. Le tueur a voulu signer son acte. Cela ressemble beaucoup plus à une vengeance personnelle qu'à une exécution entre bandes.

— Écoute, je crains que nous ne puissions pas aller beaucoup plus loin ici. Laissons faire les enquêteurs en France. Ils ont des moyens que nous n'aurons jamais…

Aurel sentait que l'ardeur du commissaire retombait. L'affaire, à ses yeux, reprenait place dans sa routine. Les contraintes du système venaient étouffer le bref mouvement d'émulation qu'avait provoqué en lui la réaction passionnée d'Aurel.

— Je vais prendre une douche et me reposer un peu, dit Grobert, en se levant péniblement.

Aurel sortit en même temps que lui et alla méditer dans son bureau.

La deuxième visite d'Aurel chez Gaëtan fut bien différente de la première. Aurel avait passé le début de l'après-midi chez lui à fixer au mur les photos qu'il avait dénichées sur internet et à rêvasser en les regardant. Une voiture de l'ambassade conduite par un garde albanais mutique qui servait de temps en temps de chauffeur en extra l'avait déposé à dix-sept heures devant la demeure de Gaëtan. La porte était ouverte et il était entré sans trouver personne. Il avait attendu debout, en détaillant mieux le décor. Sur un mur, des dizaines de photos encadrées montraient le maître des lieux en compagnie de personnalités du monde entier. On le voyait arborant un nœud papillon noir, serrer la main de chefs d'État et de princes, d'écrivains célèbres et de stars de cinéma.

Gaëtan avait une telle prestance qu'il faisait paraître les autres modestes et même insignifiants, quelque puissants et illustres qu'ils fussent. L'immense salon n'avait aucun recoin mais ses murs arrondis, disposés comme les pelures d'un oignon, ménageaient des sortes de corridors concentriques, à la manière d'un labyrinthe. Aurel nota, parmi les objets dispersés sur les meubles, un grand nombre de grenouilles fabriquées dans toutes les matières possibles : céramique, verre, bois, plastique. Les grands de ce monde qui avaient visité les lieux savaient-ils à quel épisode burlesque de la vie de Gaëtan se rapportaient ces évocations de batraciens ?

Sur un bar, circulaire lui aussi et placé non loin de la girafe empaillée et du lama cracheur, s'alignait une collection de bouteilles colorées proposant toutes sortes d'alcools. Aurel regarda les étiquettes sans oser se servir un verre, bien qu'il en eût une furieuse envie.

— Allez-y ! Prenez ce que vous voulez.

La voix de Gaëtan derrière lui fit sursauter Aurel.

Le maître de maison se faufila dans le bar et sortit des verres.

— Vous avez goûté le raki ? C'est la boisson nationale. Il faut aimer mais quand on aime cela devient vite une drogue. Sinon whisky, gin, vodka…

— Vous n'auriez pas de vin blanc ? hasarda Aurel.

— Bien sûr ! Je vais appeler la cuisine.

Gaëtan pianota sur son smartphone.

— Venez, on va vous apporter ça.

Il conduisit Aurel jusqu'à une des nombreuses paires de canapés qui se distribuaient dans le salon. Ils s'installèrent face à face sur des coussins moelleux, recouverts d'une toile de Jouy bleu pâle.

Gaëtan pouvait avoir une dizaine d'années de plus qu'Aurel mais, avec sa grande taille, sa silhouette élancée, ses vêtements de couleur claire, il ne faisait pas son âge. Sans la présence rafraîchissante d'Amélie, l'atmosphère était plus sérieuse. La rencontre de ces deux vieux crabes qui connaissaient tout de la vie avait quelque chose de violent.

— Nos amis m'ont dit que vous étiez déjà venu en Albanie. Quand était-ce ?

— En 84, je crois.

— Alors, nous aurions pu nous croiser. J'y étais aussi.

Aurel n'imaginait pas son hôte parmi les petits pionniers rachitiques qui l'avaient accompagné pendant cette visite. À dire vrai, il ne l'imaginait pas du tout dans le mouroir stalinien qu'était l'Albanie de cette époque.

— Vous avez des origines albanaises ? osa-t-il.

— Pas du tout. Je suis de Bourg-en-Bresse.

— Bourg-en-Bresse ?

— On ne dit pas « Bour » mais « Bourk ». Vous vexerez les gens dans la région si vous prononcez mal le nom de leur ville.

Aurel pensa qu'il les aurait encore plus vexés s'il leur avait avoué qu'il ne savait pas où se trouvait cette localité.

Il avait beau être naturalisé français, il avait passé sa vie à l'étranger et connaissait bien mal l'Hexagone.

— Et comment, alors… ?

— J'ai toujours été passionné par les télécoms, l'électronique… À quinze ans, j'ai bricolé un système de radio crypté. À dix-sept, je me suis fait émanciper pour monter ma boîte et à vingt, je produisais mes propres appareils.

— À Bourk ?

— Oui.

Le serveur philippin qu'il avait vu la veille entra et déposa avec un grand sourire devant Aurel une bouteille de vin blanc entourée d'un manchon réfrigérant et un verre qu'il remplit jusqu'à moitié. Il servit à Gaëtan un autre verre dont le contenu transparent gardait son mystère.

— À la vôtre ! Pour vendre mon invention, j'ai écrit partout dans le monde, par l'intermédiaire des ambassades. Les seuls qui m'aient répondu ont été les Albanais.

— Mais le pays était fermé…

— À double tour. Vous vous en souvenez ?

Ce mot, prononcé en le regardant dans les yeux, faisait d'Aurel plus qu'un témoin, un complice. Ils avaient appartenu l'un et l'autre à un système décrit aujourd'hui comme un enfer.

— Il y avait des bunkers partout, prononça Aurel, le regard dans le vague.

— Ah ! Les bunkers, renchérit Gaëtan avec un éclat de rire. Chacun devait avoir le sien devant sa maison.

— Des petits champignons de béton…

— Le régime était assiégé. Ils étaient persuadés que l'Amérique, la Russie ou la Chine allaient les envahir…

Alors que tout le monde s'en foutait pas mal, de leur petit pays.

Gaëtan avala une grande rasade de sa boisson.

— Mon système les intéressait parce qu'il permettait de communiquer sans être écouté.

Il avouait en quelque sorte qu'il avait fourni une arme de plus dans l'arsenal de surveillance de la dictature. Mais cette franchise cachait peut-être autre chose. N'avait-il pas également permis aux services secrets occidentaux d'espionner le pays, s'il leur avait livré le code source de ses appareils ?

Toujours les strates, pensa Aurel.

— C'est donc comme cela que vous avez fait fortune ?

— Pas du tout ! Les Albanais n'avaient pas d'argent pour me payer.

Le regard de Gaëtan pétillait. Il en arrivait au point où le business devenait intéressant pour lui. Intéressant parce que fou, baroque, surréaliste.

— Et qu'est-ce que l'on fait quand quelqu'un ne veut pas payer ce qu'il vous achète ? demanda-t-il.

Si j'avais eu la réponse à cette question, pensait Aurel, *je n'en serais pas là.*

— Eh bien, on lui propose un troc. C'est ce que j'ai fait.

— Un troc contre quoi ?

— Vous connaissez la sauge ?

— La sauge ? Pour la cuisine ?

— Oui. Il pousse dans le nord de l'Albanie une espèce naturelle très particulière de cette plante qu'on ne trouve nulle part ailleurs en telle quantité. C'est ce que m'a révélé un industriel français, leader sur le marché des épices culinaires.

— Vous avez échangé du matériel de télécommunication contre une herbe pour la cuisine ?

Gaëtan cacha son sourire dans son verre et il reprit son sérieux.

— Voilà.

— Et... ça rapporte beaucoup, la sauge ?

— Tout dépend de qui l'achète. Mon partenaire français ne payait pas très bien. Mais j'ai découvert qu'il revendait tout aux États-Unis pour parfumer la farce dans les dindes de Thanksgiving. Alors, je l'ai court-circuité et j'ai négocié directement avec les Américains.

— Vous voulez dire qu'en pleine guerre froide, vous vendiez de la sauge stalinienne aux ménagères américaines ?

— Qui n'ose rien n'a rien. Mon premier contrat était de dix millions de dollars.

Aurel eut une pensée pour la girafe empaillée. Il se dit que, dans la jungle planétaire, il appartenait, lui aussi, à la famille sacrifiée des herbivores tandis que son interlocuteur, avec son sourire carnassier et ses yeux pleins de malice, était doté de l'ADN d'une panthère. Ils ne faisaient pas partie de la même espèce. Quelque chose, pourtant, les réunissait : une même manière de se jouer du monde et d'en rire.

IX

— Venez vous mettre au piano, dit Gaëtan, nous allons choisir le petit programme que vous nous jouerez ce soir.

Il entraîna son invité jusqu'à l'instrument. Aurel regardait le piano avec méfiance. Le fait de l'avoir vu jouer seul lui donnait l'impression que l'objet n'était pas inerte et qu'à tout moment, il allait manifester sa résistance. Cependant, dès qu'il posa ses doigts il constata que l'instrument réagissait aussi passivement que ses congénères ordinaires ; il oublia sa prévention et prit plaisir à enchaîner les accords de la *Marche turque*.

— La ministre est une ancienne professeure de mathématiques. Elle a fait de la musique dans sa jeunesse et se rend souvent au concert. Il y a de très bons interprètes ici. Je pense qu'il ne faut pas vous risquer dans le registre classique si vous n'êtes pas tout à fait au point.

Aurel n'était pas vexé. Il connaissait son niveau et ne s'était jamais pris pour Richter. Son affaire, c'était la variété, et son propre piano (qu'il espérait bien récupérer sans tarder) avait une tonalité de bastringue qui convenait bien à ce répertoire.

— Ce qui plaît aux Albanais, c'est la chanson française. *Laisse mes mains sur tes hanches*, par exemple.

Aurel sentait derrière lui la présence discrètement parfumée de Gaëtan. Il eut un moment de doute sur ses intentions. Après tout, que connaissait-il de ses mœurs ? Mais il chassa ces idées et prit la voix d'Adamo comme il le lui demandait.

— Parfait ! Essayez de préparer une petite série de trucs dans ce genre-là. Hervé Vilar, Sylvie Vartan, Petula Clark… Pour les gens d'ici, ce n'est pas ringard du tout. Vous pouvez aller jusqu'à Michel Sardou.

— Piaf ?

— À la rigueur, mais ce n'est pas trop leur tasse de thé. Visez plutôt Mireille Mathieu.

En fouillant dans sa mémoire, Aurel déterra tous les tubes des années soixante qu'il connaissait. Gaëtan prenait des notes sur son smartphone.

— J'écris la liste. Ça vous guidera tout à l'heure.

Ils définirent ainsi une trentaine de titres. Ils terminèrent avec *La Javanaise*, de Gainsbourg.

— Voilà ! Ça devrait nous amener jusqu'à la fin du dîner. Je vous suggère après de continuer avec du jazz un peu swing.

— Un rag ? demanda Aurel en tapant quelques mesures.

— Très bien. Je sais qu'elle aime danser. Lancez *Rock Around the Clock* et c'est gagné.

Ils ajoutèrent une dizaine de morceaux à la liste.

— Beau travail ! Venez, on va prendre un verre sur la terrasse.

La nuit commençait à tomber mais il restait encore une heure avant l'arrivée des invités.

— C'est vous qui avez fait construire cette maison ? demanda Aurel, en regardant la piscine s'éclairer en bleu tandis que le crépuscule plongeait déjà dans l'ombre le bois de pins et la plage.

— Oui, en 2005. Avant, j'habitais dans le quartier des dirigeants, à Tirana. Heureusement, parce que c'était gardé. En 97, au moment de la guerre civile, tous les étrangers ont été évacués, et moi, j'ai pu rester.

Aurel était heureux que la conversation en vienne là. L'occasion lui était donnée d'obtenir la réponse à certaines questions qu'il se posait au sujet de l'assassinat de Marc Lumière.

— Que s'est-il exactement passé, en 97 ? La dictature était déjà tombée…

— Oui, en 91. Après, il y a eu une période de folie. L'ouverture brutale. Les gens ne connaissaient pas le capitalisme. Tout était à vendre. La vieille économie communiste avait été démantelée et rien n'avait pris sa place. Des gens crevaient de faim et d'autres s'enrichissaient monstrueusement. Il y avait la guerre dans les Balkans. Certains profitaient de l'embargo contre la Serbie pour faire des trafics juteux. L'anarchie.

— Alors pourquoi la guerre civile ?

— À cause des pyramides.

— Les pyramides ?

— De Ponzi. Vous connaissez ?

— Des systèmes d'épargne où les nouvelles cotisations paient les intérêts des premiers déposants ?

— Exactement. Mathématiquement, ça s'effondre toujours. Au moment où les gens veulent retirer leurs fonds, le système se bloque puisque les sociétés n'ont aucune réserve. Pour éviter la faillite, les boîtes proposent des rendements de plus en plus élevés, pour faire venir de nouveaux clients. Au plus haut, elles ont parfois promis des rendements de cinquante pour cent par mois.

— Les gens y ont cru ?

— Ils ne connaissaient rien à l'économie de marché. Beaucoup se sont ruinés en mettant toutes leurs économies dans les pyramides. À Tirana, on voyait arriver des paysans du fond de la campagne avec leurs bœufs pour les vendre et placer l'argent sur des comptes au rendement mirobolant.

Il faisait tout à fait nuit. Les lumières de bateaux qui filaient vers le port de Durrës apparaissaient et disparaissaient entre les troncs noirs des pins.

— Quand tout s'est effondré, des centaines de milliers de gens se sont retrouvés ruinés. Ils sont devenus fous de rage. Ils ont pris les arsenaux d'assaut, se sont emparés des armes et, pendant un mois, le chaos a été complet. Il y a eu des milliers de morts.

— Vous n'êtes pas parti ?

— J'avais deux chiens. Je ne pouvais pas les laisser…

Aurel regarda Gaëtan attentivement. Mais il était d'un sérieux qui interdisait de mettre en doute ses propos.

— Les gens qui avaient monté ces pyramides s'en sont tirés ?

— Les plus malins se sont enfuis avec la caisse. Certains ont été capturés et lynchés. Pour échapper au chaos et à la famine, les pauvres, eux, ont pris la mer et tenté de se réfugier en Italie. Beaucoup se sont noyés. À Otrante, un navire de guerre italien a percuté une embarcation de migrants et plus de quatre-vingts personnes ont disparu.

L'heure tournait et les invités n'allaient plus tarder. Aurel se risqua, sur un ton dégagé, à une question directe.

— Vous avez connu un certain Marsel Rustemi ? Il est parti à ce moment-là.

— Le nom est très commun. Un patronyme du nord du pays. Pas de souvenir. C'est un ami à vous ?

Aurel éluda la question.

— Et une certaine Gisèle Lumière ?

— Ah ! Oui, elle, je l'ai rencontrée. Un nom comme ça ne s'oublie pas.

— Que faisait-elle en Albanie ?

— Elle était venue au moment de l'ouverture du pays, vers 94, par là. C'est l'époque où la famille du grand photographe Marubi a commencé à rassembler la collection de clichés, en vue de constituer un musée. Si vous allez à Shkodër, il faudra le visiter. Les Marubi étaient une dynastie. Trois générations de photographes. Une œuvre considérable, témoin d'un siècle d'histoire de ce pays.

— Que faisait-elle exactement ?

— C'était une jeune conservatrice, formée à Lyon. Elle était apparentée à la famille Lumière, celle des célèbres frères, les pionniers du cinéma et de la photo. Je crois qu'elle s'occupait de la restauration des plaques photosensibles.

— Vous savez quand elle a quitté le pays ?

— Au moment de la guerre civile, j'imagine, comme tous les étrangers sauf moi. Peut-être avant. Je n'en sais rien. Pourquoi me posez-vous ces questions ?

Aurel faillit raconter toute l'histoire de l'assassinat de Marc Lumière mais quelque chose le retint. Il ne connaissait pas vraiment l'homme auquel il s'adressait…

De toute façon, une voiture avait franchi le portail et Gaëtan courait déjà accueillir ses invités.

L'impression était bizarre. Le soleil formait comme un cadre jaune autour d'un écran noir. Le lit était si large qu'on ne savait dans quel sens s'y étendre. Partout, des grenouilles : sur le pied de lampe, le cendrier, un vase vide près de la fenêtre.

Aurel baigna un long moment dans cette atmosphère étrange avant de pouvoir se repérer. Quand il tira le rideau occultant sur le côté, l'éclatante lumière du matin entra dans la chambre et lui fit cligner les yeux. Il s'assit sur le bord du lit l'esprit embrumé et tenta de remettre de l'ordre dans ses souvenirs. Que s'était-il passé la veille ?

La soirée avait bien commencé. Amélie était arrivée presque en même temps que la ministre. Elle avait présenté son nouvel adjoint et Gaëtan, en riant, était venu annoncer qu'Aurel, parmi tous ses talents, était un grand musicien. Fini ce soir le piano automatique que la ministre déclarait détester. Il lui rappelait, disait-elle, la dictature, ce rêve totalitaire de supprimer les êtres humains et de tout faire fonctionner selon un « Plan » imposé par un maître tout-puissant et invisible. C'était apparemment un sujet récurrent de plaisanterie avec Gaëtan.

« Eh bien, ce soir, c'est un être humain, bien en chair et bien en os, qui va jouer. »

Aurel, sans demander son reste, avait filé s'assoir devant le clavier. À sa demande, une bouteille était posée dans un seau à glace à portée de main. Le Philippin, qui se prénommait Jules, veillait à ce qu'une bouteille remplie succède continuellement à celle qu'Aurel venait de vider.

Il commença par jouer le répertoire choisi avec Gaëtan puis il perdit le fil et enchaîna selon son inspiration. Il se livra même à plusieurs improvisations.

Les dîneurs étaient à l'extérieur, dans une espèce de paillotte qui prolongeait la terrasse. Aurel ne pouvait ni les voir ni suivre les conversations. Il s'était laissé aller au plaisir de la musique et du vin. Il n'avait pas eu conscience d'assister à la fin du dîner. Sans doute s'était-il endormi avant. Maintenant il comprenait qu'on avait dû le porter dans la chambre où il se trouvait.

Il fit une toilette rapide et s'habilla. Un escalier circulaire lui permit de quitter la chambre et, en poussant une porte, de se retrouver dans une bibliothèque ronde. Elle ouvrait de l'autre côté sur la partie du grand salon qu'occupait la girafe empaillée. Par la baie vitrée, il aperçut Gaëtan qui prenait son petit déjeuner sur la terrasse.

— Ah ! Réveillé, dit celui-ci en voyant apparaître Aurel. Asseyez-vous. Qu'est-ce que vous prenez le matin ?

— Café.

Gaëtan appela le serveur et commanda un double.

— Bravo ! s'écria-t-il avec un grand sourire. Vous nous avez régalés avec vos chansons. La ministre était ravie. Dommage tout de même qu'au moment de vous rejoindre pour danser, on vous ait trouvé sans connaissance sur un canapé.

— Votre vin blanc est fort…

— Vous trouvez ? Les quatre premières bouteilles sont bien passées, pourtant…

Aurel avait l'air si gêné que Gaëtan le prit en pitié et cessa de le taquiner.

— En tout cas, tout s'est déroulé à merveille, Amélie vous le dira. L'affaire du drone est enterrée.

— Vraiment ?

— La ministre s'est fâchée, bien sûr. Mais je connais sa manière de négocier. Elle commence toujours par déclarer son mécontentement. Manière d'obtenir ce qu'elle veut.

— Et qu'est-ce qu'elle voulait ?

Le café était très corsé. Aurel fit une grimace en le buvant mais il adressa un signe discrètement à Jules, qui attendait au bout de la terrasse, pour lui demander d'en apporter un autre.

— Ce drone était un vieux modèle que je leur avais trouvé en Lettonie. Il était temps de le changer et de s'équiper de matériels plus performants.

— Vous allez leur en vendre ?

Gaëtan prit un air modeste.

— Disons que je vais me mettre en rapport avec des gens qui ont ce qu'il leur faut.

— Qui va payer ?

Mieux réveillé, Aurel n'aurait peut-être pas posé une question aussi directe. Mais l'alcool de la veille ne s'était pas complètement dissipé et il se sentait désinhibé.

— Personne.

Gaëtan venait de beurrer une tartine. Il croqua dedans et pendant qu'il mâchait, ses yeux seuls riaient.

— Personne ne va payer ?

— Vous vous souvenez de mon histoire de sauge ?

— Quel rapport ?

— Le troc. Depuis que je suis ici, j'ai toujours fonctionné comme ça. C'est plus efficace et, si je puis dire, moins… vulgaire.

— Vulgaire ?

— Mes parents, à Bourk, dit Gaëtan avec un grand sourire, m'ont toujours appris que c'était vulgaire de parler d'argent.

— Vous parlez de quoi, alors ?

— Il y a beaucoup de choses à faire dans ce pays. Il a des richesses naturelles, des minerais… Et dans beaucoup de secteurs, l'énergie, la pêche, le tourisme, les infrastructures, les Albanais ont de beaux contrats à donner à des entreprises étrangères. Les Français sont en concurrence avec les Italiens, les Grecs, les Allemands… S'ils sont choisis, cela vaut bien quelques drones.

— Et une commission pour vous.

Aurel s'en voulut de cette remarque trop directe. Peut-être un troisième café l'aiderait-il à mieux se contrôler. Gaëtan préféra ne pas répondre et changea de sujet.

— Amélie est restée un peu après le départ de la ministre. Nous avons bavardé et elle m'a raconté l'affaire de meurtre à Chamonix. J'ai mieux compris pourquoi vous m'avez posé ces questions hier sur Mme Lumière et ce Rustemi.

Dans l'expression de Gaëtan, Aurel crut lire un imperceptible reproche.

— Une affaire vraiment bizarre. Amélie m'a demandé s'il fallait lancer un avis de recherche officiel, dans les journaux ou avec le ministère de l'Intérieur, pour retrouver cette fille. Alma, l'héritière.

— Que lui avez-vous dit ?

— Que ça me paraissait dangereux pour elle. Tant que vous n'en savez pas plus sur le meurtre…

— Pourquoi ?

— Supposons que ce soit une guerre entre mafias, la fille peut se retrouver en danger si on sait que c'est elle qui hérite des affaires de son père.

— Vous croyez vous aussi que c'est un règlement de comptes entre mafias ?

— À première vue, ça y ressemble.

Aurel pensait à sa partie de poker avec Grobert et il se sentait un peu déçu de voir son adversaire recevoir ce soutien de poids.

— Amélie vous a raconté *exactement* comment s'est passé l'assassinat ?

— Non. Elle m'a parlé d'un motard qui s'est enfui vers la Suisse.

— Et le casque ?

— Quel casque ?

— Le tueur était casqué. Il a pris soin d'ôter son casque en s'approchant de sa victime, comme s'il voulait être reconnu.

— Est-ce qu'il a parlé ?

— Oui. Il a crié une phrase mais aucun des témoins n'a su dire dans quelle langue.

Le soleil était haut dans le ciel et, bien que la terrasse fût protégée par un store, il y faisait déjà très chaud. Gaëtan pianota sur sa tablette et un ventilateur à pales se mit en route lentement au-dessus d'eux.

— L'assassin a parlé à l'homme qu'il allait tuer, répéta Gaëtan pensivement. Très intéressant.

— Qu'est-ce que cela vous évoque ?

— Vous avez entendu parler du Kanun ?

Aurel secoua la tête.

— C'est un texte très ancien. On ne sait pas à quand il remonte. Peut-être à Alexandre le Grand. Longtemps, c'est resté une tradition orale mais un homme l'a formalisée au XVe siècle.

— On connaît son nom ?

— Lekë Dukagjini. À vrai dire, on ne sait pas s'il a réellement existé. Pourtant, on parle toujours du Kanun de Lekë Dukagjini.

— Mais de quoi s'agit-il exactement ?

— C'est une sorte de code de conduite, un peu comme un recueil de lois. Il fixe les règles de la vie sociale dans les moindres détails.

— Dans tout le pays ?

— Non. Dans le Nord, pour les populations qui vivent dans la montagne et qui ont toujours été loin du pouvoir central.

— Qu'est-ce qui vous fait penser à cela à propos de ce meurtre ?

— Le Kanun est un code de l'honneur. C'est lui qui a servi de base pendant des siècles aux vendettas. Si quelqu'un vous inflige un affront, le Kanun vous impose de vous venger en faisant couler le sang. Une fois le coupable tué, sa famille le venge à son tour et paie le prix du sang. Cela peut continuer sur des générations. Une vendetta peut entraîner des dizaines de morts.

— Je ne vois toujours pas le lien avec le meurtre dont nous parlons.

Gaëtan se leva et, sans dire un mot, alla chercher quelque chose dans son salon. Il revint peu après avec un petit livre.

— *Avril brisé*, dit-il en tendant le volume à Aurel. D'Ismaïl Kadaré. Vous verrez, votre histoire ressemble au crime raconté dans ce roman.

— Cela se passe à quelle époque ?

— Kadaré ne le précise pas. On peut penser que c'est au début du XXe siècle. Mais peu importe. Le Kanun vient de bien plus loin.

— Et aujourd'hui ?

— Il y a toujours des vendettas, même si les communistes ont combattu le phénomène et si le gouvernement actuel continue.

Aurel avait bien des questions à poser mais il regarda sa montre. Il était presque onze heures.

— Il faut que je rentre à l'ambassade, dit-il avec regret.

— Je vais vous faire raccompagner.

La veste d'Aurel traînait près du piano. Il la ramassa et la garda au creux du bras.

— J'ai donné quelques conseils à Amélie, pour aller plus loin dans vos recherches, dit Gaëtan. Elle vous racontera.

X

De retour au consulat, Aurel fut accueilli par une Elmira dans tous ses états.

— Je travaille sur des questions que m'a transmises l'ambassadrice ce matin. J'aurai les réponses cet après-midi, je pense.

— À quel sujet ?

— L'assassinat de M. Lumière. Elle souhaite que vous alliez la voir dès votre arrivée.

— Bon, grogna Aurel.

— Le commissaire Grobert est passé aussi. Il m'a dit qu'il voulait vous voir. Il a du nouveau sur le même sujet. Il a dit qu'il vous attendrait au café grec, au bout de la rue, si vous êtes d'accord pour déjeuner avec lui.

Aurel ressortit pour monter à la chancellerie. Il se sentait très en colère. En principe, il aurait dû se réjouir. Tout le monde prenait désormais au sérieux une affaire qui n'avait d'abord suscité que de l'indifférence. Pourtant, il était furieux. Ce qu'il aimait par-dessus tout, c'était mener ses petites enquêtes tout seul. L'hostilité le gênait moins que la sollicitude. À partir du moment où tout le monde s'occupait d'une affaire, elle perdait pour lui tout son sel. Cela devenait une chose publique et la passion se transformait en travail.

Il était dans cette humeur quand il entra dans le bureau d'Amélie.

Elle était en train de lire des dépêches du ministère et elle accueillit Aurel avec un large sourire.

— Formidable, la soirée d'hier. Gaëtan a eu une excellente idée de vous mettre au piano. La ministre s'est détendue tout de suite.

— Et votre affaire de drone s'est réglée, renchérit Aurel avec un air maussade.

— Oui, Gaëtan est formidable. Il en a tellement vu ici que rien ne lui paraît difficile. Vous savez qu'ils lui en ont fait voir de toutes les couleurs, surtout après la fin de la dictature ? Les gens au pouvoir à l'époque étaient pour la plupart d'anciens communistes, fraîchement convertis à la démocratie et corrompus jusqu'à l'os. On l'a accusé d'être un espion, un profiteur, un agent de l'étranger. Il a été assigné à résidence. Ils lui ont fait subir toutes sortes de tracasseries.

— Il est courageux, confirma Aurel sans enthousiasme.

— Surtout il sait à qui on peut faire confiance. Cette ministre fait partie de ces Albanais sincères qui agissent pour l'intérêt du pays. Dans l'ensemble, l'actuel gouvernement est comme cela.

Toujours le même irénisme, pensait Aurel en se souvenant des propos de Grobert sur ces « gamins ». Il préféra changer de sujet que d'en entendre plus sur les mérites du personnel politique.

— Vous avez vu la touriste égarée ?

— Oui. Elle est à l'hôpital à Vlorë. Un établissement moderne avec de bons médecins. Finalement, pas de fracture. Elle était juste un peu déshydratée à son arrivée.

Amélie secoua la tête d'un air désapprobateur.

— Une inconsciente ! dit-elle. Le genre de fille à papa qui veut se donner des airs d'aventurière moderne à la Sylvain Tesson mais sans rien connaître à la vie. Elle m'a à peine remerciée.

Elle posa la note qu'elle tenait en main et se pencha sur le bureau avec un grand sourire.

— Le bon côté des choses, c'est que je vais pouvoir vous aider dans l'affaire Lumière.

Aurel se força à sourire, en plissant la lèvre supérieure.

— Gaëtan m'a donné de bons conseils, poursuivit Amélie.

— Oui ?

— Il m'a fait remarquer que nous n'avions pas suffisamment exploité les données de l'état civil. Il m'a conseillé de rechercher qui a signé le certificat de décès de Rustemi en 97. Il a raison. C'est fondamental. Car la personne qui est allée déclarer cette mort devait *nécessairement* savoir que l'individu en question était toujours vivant.

— Peut-être le lui a-t-on caché.

— Dans ce cas, ce serait très intéressant aussi.

— Je croyais que vous ne vouliez pas que nous nous engagions dans l'enquête.

— En effet, mais avant de parler à la fille de Rustemi, si nous la trouvons, il serait quand même important que nous en sachions un peu plus sur ce qu'il s'est réellement passé.

Aurel connaissait Amélie. Il se souvenait de l'énergie qu'elle avait mise dans l'affaire de l'ambassadrice disparue à Bakou. Elle était comme lui. Elle se passionnait pour ce genre d'énigme.

— Est-ce que vous souhaitez mettre aussi Grobert sur le coup ?

— Oh, lui… Franchement, je n'ai aucun plaisir à travailler avec cet individu. Et je ne suis pas sûre qu'il soit fiable. Mieux vaut le laisser dans son coin.

— Il m'attend pour déjeuner.

Amélie se pencha en arrière et posa ses mains sur le bureau.

— Bon appétit ! Voyez ce qu'il veut. Mais ne le mettez pas dans la boucle plus qu'il ne l'est lui-même avec ses contacts dans la police.

Aurel avait repris le moral, en marchant vers le rendez-vous avec Grobert. Si l'affaire se limitait à un binôme avec Amélie, il pouvait s'en accommoder. Il avait déjà mené une enquête avec elle et tout s'était bien passé. En revanche, il aperçut sans plaisir la silhouette du commissaire, attablé devant un verre de bière et qui lui tournait le dos. Il s'approcha et s'assit en face de lui.

— Je ne savais pas si tu viendrais. J'ai déjà mangé une salade.

— C'est sans gravité. Je n'ai pas faim.

— Vin blanc ?

— Eau gazeuse.

— Dis donc. Tu n'as pas l'air en grande forme.

Pour rien au monde Aurel ne l'aurait mis au courant de la soirée chez Gaëtan.

— Tu souhaitais me voir ?

— Je voulais continuer notre petite partie. Figure-toi que j'ai reçu des infos qui vont dans mon sens. Je n'ai pas résisté au plaisir de te montrer que j'ai marqué quelques points.

— Je t'écoute.

— La Mme Rustemi, celle que le futur Lumière a abandonnée avec sa gamine…

— Donica. Eh bien ?

— Figure-toi qu'elle appartient à une très puissante famille de mafieux du Kosovo.

— Comment le sais-tu ?

Grobert se redressa et prit un air important.

— Par mes correspondants. Je connais pas mal de monde dans la police locale.

— Tu leur as raconté l'affaire ?

— Pas dans le détail. Je n'ai pas parlé de l'héritage. C'est ton boulot. Mais je les ai mis au courant de l'assassinat et du fait que la victime avait été mariée ici.

— Et alors ?

— Alors, ils sont comme moi. Ils pensent que c'est simplement un type qui est parti avec une Française et qui a laissé sa femme en plan. Ça s'est beaucoup fait à cette période-là.

— Ils connaissaient Rustemi ?

— Non, c'était un trop petit poisson quand il a quitté le pays il y a presque trente ans. En revanche, quand j'ai donné le nom de la femme albanaise, ils ont fait des bonds.

Le policier saisit sa bière d'un air décidé et la vida cul sec.

— Mme ex-Rustemi vient d'un clan du Kosovo. Elle est née du côté albanais, à Tropojë. Elle a dû rencontrer son mari là-bas. Mais ses frères et ses cousins vivent à Prizren et sont à la tête d'un des plus gros cartels kosovars.

Ils sont très bien implantés en Suisse. Prostitution, drogue, racket. Et ils blanchissent l'argent ici.

— En Albanie ?

— Et au Kosovo. Comme je te l'ai dit, dans ces montagnes, on trouve les mêmes familles des deux côtés. Peu leur importent les frontières.

Aurel réfléchissait, en buvant tristement son eau minérale.

— Pourquoi ces mafieux s'en seraient-ils pris à un homme officiellement mort, vingt-sept ans après son départ ? dit-il pensivement. Et alors qu'il ne semblait avoir aucune activité illégale. C'est bien ce qu'ont dit les gendarmes ?

— Je n'en sais pas plus que toi. Mais je continue de penser que ce M. Lumière/Rustemi était un personnage plus sombre que tu ne le crois.

Grobert prit le temps de rire, seul, à son jeu de mots.

— Souviens-toi de ce que je t'ai dit sur les strates. Quand tu rencontres quelqu'un ici, tu vois sa fonction officielle, sa famille, son travail. Mais dessous, dans le même homme, il y a son rôle pendant le régime communiste. Si ça se trouve, il a dénoncé des centaines de gens… Et quelle a été son action pendant la guerre civile en 97 ? Est-ce qu'il a participé à la répression violente de l'insurrection ? En dessous encore, il y a sa région d'origine, sa religion, son clan. Et avec les gens du Nord, de vieilles histoires de vendetta que personne ne connaît vraiment. Rustemi, je te le dis, on n'en connaît que la surface.

En l'entendant parler de vendetta, Aurel fut tenté de demander au commissaire ce qu'il savait du Kanun et du code de l'honneur des montagnes. Mais il se retint.

— En tout cas, conclut le policier, notre type était apparenté par son ex-femme à un clan mafieux installé en Suisse et il a été assassiné par un motard venu de Suisse. Moi, ça me suffit.

— Et les gendarmes français, qu'est-ce qu'ils en disent ?

— Ils sont sur la même ligne. Et ils n'ont pas grand espoir de découvrir quelque chose. Les Suisses n'ont aucune piste. La seule certitude, c'est que Lumière ne se trouvait pas là par hasard. Il ne pratiquait aucun sport de montagne et n'avait apparemment rien à faire à Chamonix. Quelqu'un lui avait fixé rendez-vous.

— On a retrouvé une lettre, un mail, un SMS ?

— Rien. Tout a dû se passer par téléphone.

— Conclusion ?

— Mes collègues pensent aussi que ça sent le règlement de comptes entre mafieux. Ils sont de plus en plus convaincus qu'on ne connaîtra jamais le fond de l'affaire et qu'elle finira classée sans suite.

Devant l'absence de réaction d'Aurel, le commissaire le prit un peu en pitié. Il était presque gêné d'avoir battu son partenaire à plate couture.

— Je te raconte tout cela, ce n'est pas pour dire que j'ai raison. Je voulais surtout te mettre en garde. En cherchant la fille de Rustemi tu vas sûrement tomber sur la famille de sa mère. Il faut que tu saches où tu mets les pieds. Ces gens-là sont dangereux.

Aurel remercia poliment pour l'avertissement.

Il laissa Grobert devant une autre bière et repartit vers l'ambassade. La chaleur sèche de l'après-midi était suffocante et l'eau minérale lui pesait sur l'estomac.

En rentrant dans le bureau, Aurel trouva Amélie en grande discussion avec Elmira. La jeune ambassadrice se balançait sur une chaise, les pieds posés sur le rebord de la fenêtre grande ouverte.

— Vous saviez qu'Elmira était une mine d'or ? plaisanta-t-elle.

Aurel transforma sa surprise en un sourire crispé.

— Figurez-vous, continua Amélie, qu'elle a découvert deux pépites, en moins de temps qu'il ne faut pour le dire.

— C'est toujours ma cousine..., s'excusa la secrétaire, en cachant mal sa satisfaction d'amour-propre derrière un air modeste.

— Asseyez-vous et écoutez ça.

Aurel tira la deuxième chaise et y posa une fesse. Amélie brandit un document et le lui tendit.

— C'est de l'albanais.

— Elmira, je te laisse expliquer.

— Nous avons d'abord reçu la photocopie de la mention de décès de M. Rustemi. C'est ce que je vous ai montré hier. J'ai voulu aller plus loin et j'ai demandé l'acte de décès complet. Il apporte des renseignements très intéressants. D'abord, ses parents étaient morts tous les deux, à des dates différentes, plusieurs années avant son décès.

— Le premier décès, précisa Amélie en souriant. Celui de 97.

— On ne sait pas s'il avait des frères et sœurs mais, en tout cas, ce n'est pas quelqu'un de la famille qui a déclaré sa mort.

— Écoutez bien, Aurel.

— La personne qui figure sur l'acte se nomme Simon Zadeja. Il avait cinquante-cinq ans à l'époque. Il est venu déclarer le décès en apportant un certificat médical signé par un certain docteur Edi Blinisht. Ce médecin était sans doute âgé. Il est mort aujourd'hui, j'ai vérifié.

— Et l'autre, ce Zadeja ? demanda Aurel pour montrer qu'il suivait. Qui était-ce ?

Elmira attendit un instant pour ménager son effet.

— Un prêtre.

Comme Aurel n'exprimait aucune émotion, Amélie en rajouta dans l'enthousiasme.

— Est-ce que vous vous rendez bien compte ? Cet homme que nous appelons Lumière et qui s'appelait encore Rustemi quitte l'Albanie et abandonne femme et enfant en se faisant passer pour mort grâce à la complicité… d'un prêtre. Et pas n'importe lequel.

— Dom Zadeja est un père franciscain de Shkodër.

— Est ou était ?

— Il vit toujours, dit fièrement Amélie. J'ai appelé le couvent des franciscains là-bas ce matin. Il a quatre-vingt-deux ans. Il s'occupe encore de la maison d'édition de l'ordre. Apparemment, c'est un grand traducteur d'italien et de français.

— Vous pensez qu'il acceptera de parler de cette affaire ? demanda Aurel, sans conviction.

— Nous allons le savoir très vite, répondit Amélie. Nous partons là-bas demain matin.

— Nous ?

— Moi, en tout cas, et vous, Aurel, si vous voulez bien m'accompagner.

XI

Aurel passa la nuit à lire *Avril brisé*, le roman de Kadaré que Gaëtan lui avait donné. En vérité, il avait cru que c'était un cadeau. Mais sur la page de garde, il avait découvert un grand tampon en albanais et en français qui indiquait en termes directs que ce livre faisait partie d'une famille, la bibliothèque de Gaëtan, et qu'il serait douloureux pour cet ouvrage d'être longtemps séparé de ses frères.

Le roman raconte l'histoire d'un meurtre de vendetta, perpétré dans la région des Alpes albanaises par un jeune garçon nommé Gjorg. Il décrit en détail les règles du Kanun de Lekë Dukagjini. Il n'y est question que de sang, ce sang qui doit payer une atteinte à l'honneur et qui génère en coulant une dette qu'un autre meurtre seul peut laver. Dans l'affaire de Gjorg, l'exécution qu'il doit commettre sera la quarante-quatrième d'une série commencée des années plus tôt à la suite d'un incident, insignifiant aux yeux de quiconque n'est pas imprégné par cette tradition.

Après le meurtre, le coupable et sa famille doivent s'enfermer dans une maison forte, une *kulla*. Leurs champs ne sont plus cultivés, leur bétail est dispersé, la ruine les menace jusqu'à ce qu'un nouveau meurtre inverse la situation et oblige l'autre famille à se cacher à son tour. Nul homme ne peut échapper à ces vengeances mais les femmes et les prêtres en sont exclus. Certains lieux offrent une protection, appelée *besa*, qui interdit d'y perpétrer un crime.

L'ensemble dessine une législation de la vie et surtout de la mort qui exerce une fascination sur quiconque s'en approche et qu'est venu étudier dans le roman un couple d'intellectuels de Tirana.

Comme eux ou plutôt grâce à eux, Aurel se laissa prendre par la description de ce monde rude où s'applique une loi sans merci, aussi impitoyable et tragique que la destinée humaine.

Une telle lecture ne pouvait être supportée qu'en atténuant l'émotion par une dose suffisante et même excessive d'alcool. Aurel avait pris la précaution de se faire livrer trois caisses par El Camino, wines and spirits. Il avait eu la délicieuse surprise de découvrir dans leur grand choix d'origines une réserve de tokay. C'est l'esprit embrumé qu'il termina le livre au petit matin. Il avait heureusement gardé l'esprit clair et noté deux détails essentiels.

Le Kanun prescrivait que la victime connaisse son agresseur. Même si celui-ci était embusqué pour attendre, il devait se montrer à visage découvert, au moment de tuer. Et il devait lancer distinctement une phrase de revendication, du genre : « Souviens-toi d'untel » (la personne qu'il venait venger).

D'autre part, il était tenu, sous peine de violer la loi du Kanun, de retourner la victime si elle tombait le visage contre terre.

L'assassin de Lumière avait scrupuleusement respecté ces obligations.

L'autoroute vers Shkodër est une des plus fréquentées du pays, surtout pendant les mois d'été. Un flot de voitures et de camions s'y déverse dans les deux sens. Aurel avait insisté pour monter derrière et il s'assoupissait tandis qu'Amélie, assise devant, commentait le paysage avec Ismaïl.

La climatisation maintenait dans la voiture une fraîcheur qui contrastait avec la lumière intense du dehors. Une brume de chaleur écrasait le paysage. Ils apercevaient des villages au loin et, plantées parfois au milieu des champs poussiéreux, des constructions neuves ou en cours d'achèvement. Certaines étaient recouvertes de baies vitrées qui réverbéraient le soleil. D'autres, au perron orné de colonnades, semblaient être des hôtels ou des résidences privées de grand luxe. Beaucoup étaient encore en chantier et certains projets avaient l'air d'être abandonnés ou en attente de fonds.

À un moment, l'autoroute se dirigeant vers l'est. Ils continuèrent vers le nord en empruntant une nationale. L'itinéraire suivait la plaine côtière. Les champs plats y sont disposés en bandes parallèles étroites et n'offrent guère de place pour une culture intensive. Les tracteurs qui y travaillent sont pour la plupart des petits modèles assez anciens qui contrastent avec le luxe et la modernité des voitures qui roulent sur la route.

— Shkodër est située au bord d'un lac immense. La frontière avec le Monténégro passe au milieu des eaux.

Amélie avait crié ces explications à l'intention d'Aurel. Celui-ci ouvrit un œil et grogna pour confirmer qu'il avait bien entendu. Il ne garda aucun souvenir de la traversée de la ville de Lezhë car il s'était rendormi.

Une demi-heure plus tard, ils découvraient une large rivière sur leur droite. Elle s'étalait paresseusement, sinueuse et semée d'îles boisées. En mêlant ses alluvions boueuses au bleu de Prusse du ciel, sa surface prenait une teinte d'ardoise.

La route enjamba la rivière. Les ruines d'un pont métallique, encore suspendu au-dessus des eaux, venaient rappeler des âges plus anciens, ceux de l'occupation italienne probablement.

— Réveillez-vous, Aurel. Nous arrivons.

Il se secoua pour reprendre conscience tandis qu'Amélie continuait ses explications.

— La ville de Skodër a beau être située près du lac, elle n'est pas construite au bord mais un peu dans les terres. Le rivage, à l'époque communiste, était couvert de bunkers et de barbelés. Tu nous déposes place de la Démocratie, Ismaïl ?

Après tant d'années de dictature, la démocratie apparaît à beaucoup en Albanie comme une idole parmi d'autres. Les places et monuments qui lui sont consacrés ont pour la plupart succédé à ceux dédiés à la célébration des rois, du Duce ou du Père des peuples, emportés par le flot de l'histoire mais dont la mémoire imprègne encore les lieux.

Quand ils ouvrirent les portières, le souffle brûlant de l'air les saisit d'un coup. Les arbres qui bordaient les rues étaient impuissants à apporter la moindre fraîcheur. Une odeur de gaz d'échappement saturait l'atmosphère.

Ils marchèrent d'abord le long d'un parc au milieu duquel s'élevait un vaste édifice surmonté de dômes dorés.

— C'est la grande mosquée, annonça Amélie. Et à gauche, vous apercevez les bulbes de l'église orthodoxe. Le couvent des franciscains est juste en face. Quand on pense au reste des Balkans avec leurs guerres de religion, ça fait plaisir à voir.

Aurel aurait volontiers communié dans l'amitié entre les peuples si un peu d'oxygène avait pu atteindre son cerveau. Mais il se sentait asphyxié par la chaleur et la pollution et se demandait s'il allait pouvoir marcher plus de quelques mètres.

Ils arrivèrent dans une large rue piétonne où l'air était plus respirable et où des parasols, qui recouvraient des terrasses de café, donnaient un peu d'ombre.

— Le musée Marubi de la photographie est dans ce bâtiment.

— La fondation pour laquelle travaillait Gisèle Lumière.

Amélie s'arrêta et se tourna vers Aurel.

— Comment savez-vous cela ?

— Gaëtan, s'étouffa-t-il.

Elle sourit et secoua la tête.

— Vous m'étonnerez toujours. Bon, malheureusement, nous n'avons pas le temps de visiter le musée aujourd'hui. Il faudra revenir. Il présente toute l'histoire de l'Albanie en images.

Les strates, pensa Aurel. Mais il n'avait plus assez de souffle pour exprimer sa pensée.

Heureusement, ils étaient arrivés. Amélie poussa la porte d'une boutique qui présentait des livres en vitrine.

— C'est la librairie du couvent.

Des touristes étaient en train de consulter des ouvrages en diverses langues, en parlant à voix basse. Aux murs, tout autour du magasin, des photos d'hommes d'Église en noir et blanc formaient comme un chapitre immobile qui imposait le respect et le silence.

Elmira avait dû avertir de leur visite car à peine Amélie s'était-elle présentée à la vendeuse, ils étaient conduits jusqu'à une petite porte qui donnait à l'arrière sur un jardin.

Ils le traversèrent et pénétrèrent dans les bâtiments conventuels.

Ils entrèrent d'abord dans un office aux murs nus puis passèrent devant une vaste cuisine dont s'échappaient des odeurs de chou bouilli et de grésil. Ils montèrent ensuite à l'étage par un large escalier sonore et, enfin, entrèrent dans une pièce aux parois peintes en blanc, très haute de plafond, seulement décorée d'un grand crucifix en fer forgé. Une croisée donnait sur les arbres du jardin et projetait sur le sol carrelé un long trapèze lumineux.

Leur hôtesse les installa sur deux sièges, pris au hasard parmi une dizaine de chaises curules qui s'alignaient contre le mur. Elle les pria d'attendre et disparut. Le bâtiment n'était pas climatisé et il régnait dans la pièce une chaleur que la sécheresse de l'air et la poussière en suspension rendaient suffocante.

Il se passa un long moment avant qu'ils n'entendent des pas sonores dans le corridor. La porte s'ouvrit et un petit homme en soutane noire se glissa dans l'ouverture. Il s'avança vers eux et serra la main d'Amélie. Quand il arriva jusqu'à Aurel, que les desservants de toutes les religions faisaient trembler, celui-ci lui baisa la main, se rendant compte trop tard que le prêtre n'était pas évêque et que ses doigts n'étaient ornés d'aucun anneau.

Le franciscain prit place avec une grimace de douleur sur une des chaises disponibles. Sur son corps malingre était posée une grosse tête ronde, un peu à la manière d'une boule de bilboquet. Ses petits yeux noirs étaient presque invisibles au fond de ses orbites. Un nez très court et un peu retroussé contrastait avec une bouche énorme qui semblait pourvue de plus de dents que nécessaire, quoiqu'il en manquât une sur le devant.

— Madame l'Ambassadrice, monsieur le Consul, je suis très honoré de vous rencontrer, prononça lentement le prélat, dans un français que teintait un léger accent italien. Que puis-je faire pour vous être utile ?

— Voilà, mon père, nous sommes venus pour vous interroger à propos d'un homme, un Français d'origine albanaise.

— Volontiers. Si vous pensez que je peux le connaître.

— Nous en sommes absolument certains.

Le prêtre fit un mouvement vague de la main comme s'il considérait vain que quoi que ce fût, en ce monde, pût être tenu pour absolu.

— Il s'agit de quelqu'un qui a quitté le pays en 1997. Il se nommait à l'époque Marsel Rustemi.

Le visage du franciscain se ferma d'un coup.

— 1997 ! C'est bien loin.

— Mais vous ne l'avez pas oublié, j'en suis sûre, insista Amélie sans quitter le prêtre des yeux.

Ébranlé par cette assurance, dom Zadeja, rescapé d'époques où il fallait adapter instantanément ses mensonges aux questions de ses persécuteurs, se dit qu'il était inutile de nier. Il serait toujours temps de voir jusqu'où il devrait pousser l'expression de la vérité.

— Je m'en souviens maintenant. Il est mort dans cette triste période où les Albanais ont tué leurs frères.

— Et vous avez déclaré son décès.

— Je n'ai fait que déposer aux autorités le constat de sa mort que m'avait confié un vieil ami d'alors, le docteur Blinisht. Il n'est malheureusement plus parmi nous pour en témoigner. Dieu l'a rappelé à lui aussi, il y a plus de vingt années maintenant.

Le prêtre tenait les bras croisés sur sa poitrine, comme s'il eût à craindre de recevoir des coups.

— Mon père, reprit très doucement Amélie, vous n'avez rien à craindre de nous. Il n'est pas question de vous reprocher quoi que ce soit.

Dom Zadeja se détendit mais aussitôt Amélie porta le fer dans la plaie.

— Marsel Rustemi était vivant en 1997 et vous le savez.

— Pourquoi dites-vous cela ?

— Parce qu'il vient de mourir en France.

— Assassiné, ajouta Aurel sur un ton lugubre.

L'homme d'Église perdait pied. Il jetait des coups d'œil de tous côtés, souvenir d'un temps où le pire, quand on recevait une information compromettante, était qu'elle puisse avoir été écoutée par les oreilles invisibles du régime. Amélie craignit un instant qu'il prît la fuite. Elle se souleva de sa chaise et posa sa main sur celle du prêtre.

— Vous n'avez rien à craindre, je vous le répète, mon père. M. Rustemi était devenu français et c'est à ce titre que nous tentons de retrouver ses héritiers. Il avait acquis une confortable fortune en France et il ne laisse aucune famille là-bas.

Les idées se bousculaient dans la tête du vieux franciscain. Mais ce combat intérieur prit fin rapidement. Il se redressa, passa la main droite devant son visage, comme s'il ôtait un masque. Et, en regardant ses interlocuteurs sans ciller, il dit :

— En effet, j'ai déclaré la mort de ce garçon en pleine conscience de mes actes. Il s'agissait de lui sauver la vie.

XII

— Je suis né avant la guerre, commença dom Zadeja, et le père de Marsel, qui avait deux ans de plus que moi, était mon meilleur ami. Nous venions de deux villages très proches dans la montagne et nous étions allés à la même école.

Le vieux prêtre évoquait ces souvenirs avec un sourire douloureux, le regard fixé sur le tapis de lumière que la fenêtre dessinait sur le carrelage.

— Notre enfance a été très dure. La région a connu les combats de partisans pendant la Seconde Guerre mondiale. Mon père et mon frère sont morts dans la Résistance.

Des images pénibles devaient traverser son esprit, qu'il n'exprimait pas. Soudain, il s'arrêta sur une idée et son visage s'éclaira.

— Très tôt, j'ai eu la vocation de consacrer ma vie à Dieu.

Il soupira et resta coi un long moment.

— Je suis venu au séminaire ici, à Shkodër. Le père de Marsel est resté au village. Il est devenu boulanger.

— Il était catholique, lui aussi ? demanda Amélie.

— Non, il venait d'une famille musulmane et plus tard, il s'est marié avec une orthodoxe. Mais il était surtout marxiste et la religion ne comptait pas pour lui. Pourtant nous sommes restés amis. Quand je suis revenu comme prêtre au village, il m'a protégé aussi longtemps qu'il a pu, grâce aux fonctions qu'il occupait dans le Parti.

— Je croyais que l'Albanie communiste interdisait la pratique religieuse, intervint Aurel.

— Au début, nous étions seulement sujets à toutes sortes de vexations. C'est en 1967 que le dictateur a déclaré le pays athée et que les religions ont été totalement interdites. Entre-temps, le père de Marsel s'était marié, et il avait eu deux enfants. Marsel est né en 63 et son frère deux ans plus tard.

— Il avait un frère ! s'écria Amélie, en jetant un coup d'œil à Aurel. Qu'est-il devenu ?

— Sa mère l'avait élevé dans la foi, en cachette de son mari bien sûr. Il est devenu pope. Je crois qu'il est resté dans les montagnes mais je ne sais pas où il est aujourd'hui. C'est surtout à Marsel que je me suis attaché. Il avait six ans quand j'ai été expulsé, avec toutes les autres congrégations.

Le franciscain faisait un effort pour évoquer cet événement. Il était clair que l'exil avait dû être plus pénible encore que les persécutions.

— Où êtes-vous allé ?

— En Italie. Dans la région des Marches. Il y a une très vieille colonie albanaise là-bas. On les appelle les Arberèches. J'ai servi parmi eux.

— Sans nouvelles du pays ? dit Aurel que l'évocation de cette époque rendait mélancolique.

— Aucune.

— Quand êtes-vous revenu ? demanda Amélie.

— Dès que le régime s'est un peu assoupli. Le dictateur est tombé malade et il est mort en 85. Son successeur a un peu desserré l'étau sur la religion. Et je suis rentré après seize ans d'absence.

— Vous avez revu Marsel ?

Un grand sourire éclaira le visage du prêtre.

— Oui. C'était un grand gaillard de vingt-deux ans. Il tenait le rôle de chef de famille. Son père était mort l'année précédente d'un cancer. Sa mère était handicapée après plusieurs attaques et elle l'a suivi deux ans plus tard. Son frère était à Tirana dans une école de mécanique.

— Vous nous avez dit qu'il était pope, coupa Aurel sur un ton qu'Amélie jugea maladroit car il sentait trop l'interrogatoire.

Mais dom Zadeja ne releva pas. Il souriait toujours, heureux intérieurement à l'évocation de ces retrouvailles.

— Il l'est devenu après, quand les séminaires ont rouvert.

— Revenons à Marsel, suggéra doucement Amélie.

Elle avait bien senti que c'était le sujet qui apportait du bonheur au vieux prêtre.

— Je vous l'ai dit : je l'aimais beaucoup et il avait gardé pour moi son affection d'enfant. Il était toujours gai, courageux, débrouillard. Sa passion, c'était les chevaux. Il aurait voulu être vétérinaire. Mais il n'en était pas question. Il lui fallait trouver de quoi faire vivre sa famille dans un pays où, à l'époque, beaucoup de gens ne mangeaient pas à leur faim.

— Comment faisait-il ?

— Il avait acheté un vieux camion et il transportait un peu de tout. Il allait vendre des produits de la montagne en ville. Il ne me disait pas tout mais je sais qu'il faisait aussi un peu de contrebande avec le Monténégro, le Kosovo et jusqu'en Macédoine du Nord.

— Rien de criminel ?

— Si vous pensez à la drogue ou aux armes, jamais de la vie. Sa mère lui avait donné un grand sens moral et il avait ces choses-là en horreur. En revanche…

Aurel voyait le prêtre hésiter. Elle l'encouragea avec un sourire très doux.

— Eh bien, il n'hésitait pas à faire du commerce, disons, dans des conditions un peu limites…

— Que voulez-vous dire ?

— Quand la guerre s'est déclenchée en Bosnie, la Serbie et le Monténégro ont été mis sous embargo international, notamment pour le pétrole. Avec ses camions, parce qu'il en avait acheté deux autres, et même un petit bateau de pêche sur le lac de Shkodër, Marsel a réussi à faire passer pas mal de gazole de l'autre côté de la frontière.

— Il ne s'est jamais fait prendre ?

— Il était malin. Il arrosait, comme il disait, les fonctionnaires locaux. Et il avait gardé de son père des contacts utiles avec le parti au pouvoir sous la démocratie. La plupart des nouveaux dirigeants étaient d'anciens communistes et ils venaient du nord comme lui.

— Marsel a eu des fonctions politiques ?

— Pas vraiment mais il était considéré comme un sympathisant et cela lui ouvrait beaucoup de portes. C'est aussi ce qui a précipité sa chute.

Sous son air patelin, dom Zadeja savait faire monter la tension et ménager ses effets. Amélie et Aurel étaient suspendus à ses lèvres.

— Sa chute ?

— Il faut dire d'abord qu'il s'était marié en 92, dit le prêtre, en faisant habilement durer le suspense par cette digression. Il avait rencontré sa femme à Tropojë au cours d'un de ses voyages de contrebande. Une fille d'une bonne famille du Kosovo.

— Catholique ?

— Musulmane mais pas du tout radicale comme le sont souvent les Kosovars. Marsel l'a épousée là-bas selon tous les rites de la coutume locale. J'ai toujours pensé que c'était un mariage arrangé et qu'il n'y avait pas beaucoup d'amour là-dedans. Quoi qu'il en soit, leur fille est née quelques mois plus tard. Cette naissance a complètement transformé Marsel.

— De quelle manière ?

— Il était fou de la gamine. Il ne parlait que d'elle, montrait des photos à tout le monde, la couvrait de cadeaux.

— Il a arrêté ses trafics ?

— Au contraire ! Avant il faisait cela par nécessité et peut-être un peu par jeu. Maintenant qu'il était père, il avait soif d'argent, de luxe. Il voulait offrir le meilleur à son enfant.

— Et à sa femme ?

— Je dirais que c'était surtout pour l'enfant.

La cloche de l'église, en face du couvent, sonna douze coups et le franciscain s'interrompit. Il parut murmurer silencieusement une prière puis se signa.

— C'est à ce moment-là qu'il a entendu parler des pyramides. On ne les a appelées comme ça qu'après, quand elles se sont écroulées. À ce moment-là, on disait « les sociétés financières ». Tout le monde croyait au miracle.

Il laissa passer un temps, comme il le faisait naguère dans ses sermons avant de décrire un miracle devant ses fidèles.

— Et, en vérité, cela avait toute l'apparence d'un miracle ! Vous déposiez de l'argent et on vous versait des intérêts de dix, vingt pour cent par mois. Parfois davantage. C'était la corne d'abondance.

— Les gens ne se sont pas méfiés ?

— Ils ne connaissaient rien. Pour eux, le capitalisme, c'était ça. Une avalanche surnaturelle de richesses.

— Marsel a placé son argent ?

— Il a fait mieux. Ou pire ! Il s'est associé avec un ami de son père, un ancien communiste devenu un cacique du nouveau pouvoir, et ils ont créé ensemble une de ces fameuses sociétés. Ils l'ont appelée la banque Mrekulli, ce qui veut dire miracle ! L'homme politique apportait la garantie de son nom et de ses relations. Marsel, lui, investissait les sommes qu'il avait gagnées en contournant l'embargo.

— Les clients ont eu confiance ?

— En masse. Il faut dire que certaines de ces sociétés n'avaient même pas de fonds propres. Celle-ci était plutôt plus solide que les autres. Et les gens de la montagne qui se méfiaient un peu des banques étaient rassurés par la présence à la tête de Mrekulli d'hommes qui étaient des leurs. Notamment ce brave petit gars courageux qui n'hésitait pas à aider ses voisins.

Le prêtre sortit un mouchoir de sa soutane et s'épongea le front. Il s'échauffait à l'évocation de ces événements.

— Vous auriez dû voir ! Les gens descendaient des hautes terres avec leurs troupeaux et venaient les vendre en ville. Ils plaçaient aussitôt l'argent dans la société de Marsel. Certains liquidaient tout, leur maison, leurs terres, leurs meubles pour placer le fruit de la vente chez

Mrekulli. Marsel a fait plusieurs voyages au Kosovo pour encourager sa belle-famille à lui confier tous ses biens.

— Il y croyait vraiment ?

— Au départ, j'en suis sûr. Il avait fait venir sa femme et sa fille à Shkodër dans une belle maison qu'il avait louée, près de la rivière.

— Et quand la crise est arrivée ?

— Tout ne s'est pas effondré d'un coup. Les problèmes ont commencé ailleurs, à Vlorë notamment. Les gens continuaient d'avoir confiance et Mrekulli tenait le coup. Mais Marsel était un garçon plein de bon sens. Je crois qu'il a compris très vite que tout allait exploser. Si les nouveaux épargnants n'étaient pas en nombre suffisant, il ne serait plus possible de rembourser les autres. C'est le principe des pyramides.

— Il s'est retiré ?

— Il en a certainement eu envie. Mais son associé ne voulait rien savoir. Il comptait sur ses amis politiques pour recevoir le secours de la banque centrale, si les choses tournaient mal. Marsel s'est contenté de faire mettre sa famille à l'abri dans la montagne. Il a proposé Theth mais sa femme a préféré Tropojë, pour être plus près de ses frères restés au Kosovo. Et ils ont inscrit la petite à l'école là-bas sous le nom de sa mère.

— Marsel est resté à Shkodër ?

— Oui, et la ville a été épargnée au début. La guerre civile faisait rage dans le Sud. Les gens s'enfuyaient dans des bateaux vers l'Italie. Mais le Nord est resté sous le contrôle du pouvoir jusqu'en mars. Hélas, le 25 mars, la banque de Shkodër était pillée. C'est à ce moment-là qu'il a demandé à me voir.

Dom Zadeja se tut et regarda autour de lui, comme s'il cherchait un fantôme.

— C'était ici, dans cette pièce. Elle servait à l'époque d'imprimerie pour nos brochures. Il y avait une grosse machine au milieu et des tables un peu partout. J'ai fait sortir les frères qui travaillaient là et nous nous sommes assis à côté du Linotype.

Par mimétisme, Amélie et Aurel s'étaient tournés vers l'endroit où devait se trouver la machine et ils sentaient presque sa présence.

— L'associé de Marsel s'était toujours mis en avant, en tant qu'homme politique et personnalité en vue. C'est lui que la foule recherchait quand Mrekulli a cessé ses paiements. Il y avait eu des lynchages dans d'autres villes et il a pris la fuite au Monténégro.

— Si Marsel était dans son ombre, il devait être encore en sécurité.

Le prêtre sembla se détourner de ses rêveries et il parut s'apercevoir de la présence des deux étrangers. Il eut un moment d'hésitation.

— Vous n'êtes pas albanais, dit-il avec gravité. Il y a des choses que, sûrement, vous ignorez.

— Le Kanun ? hasarda Aurel, à la grande surprise d'Amélie.

Le franciscain eut un mouvement de recul comme si ses visiteurs avaient soudain révélé leur véritable identité.

— Vous connaissez le Kanun ! En effet, c'est bien de cela qu'il s'agit.

— Je ne sais pas, moi, ce qu'est le Kanun, corrigea Amélie, un peu vexée. Pouvez-vous m'expliquer ?

Le prêtre avait l'air gêné comme tous ceux qui respectent des coutumes ancestrales que les gens ordinaires risquent de tenir pour primitives et barbares.

— Dans nos montagnes, et plus particulièrement parmi les communautés de religion chrétienne, existe un code d'honneur qui a longtemps tenu lieu de loi. Il régit tous les aspects de la vie, les mariages, les héritages, les échanges. Et aussi la question de la vengeance.

— Ce code est-il toujours en vigueur ?

— Officiellement non. Mais il est profondément enraciné dans les consciences et nul ne peut prétendre les en délivrer.

Dom Zadeja prit sa tête dans ses mains et se prépara à parler en faisant un signe de croix. Il paraissait au bord des larmes.

— Marsel est entré ici et il a posé deux grosses valises par terre, près de l'entrée. Je savais ce que cela signifiait. Après le départ précipité de son associé, il avait ramassé tous les fonds disponibles dans les caisses de Mrekulli et il avait entassé des liasses de grosses coupures dans ces deux malles.

En poussant sur les accoudoirs, le vieil homme se mit soudain debout, fit quelques pas puis revint vers ses visiteurs.

— Il m'a dit solennellement ce qu'en réalité je savais aussi bien que lui. La foule anonyme en colère, il pouvait lui échapper. Son bateau l'attendait au bout d'un ponton sur le lac. En quelques heures, il serait en sécurité. En revanche, l'affront qu'il avait infligé à sa belle-famille en la ruinant ne serait jamais lavé. Pour le Kanun, c'est un crime qui exige le sang. Jamais plus, où qu'il se trouve, il ne serait en sécurité. Quelqu'un viendrait un jour lui faire payer sa dette de sang.

— Il avait de l'argent. Il pouvait les rembourser.

— Dans le Kanun, « le sang est le sang et l'amende est l'amende », l'une ne peut pas compenser l'autre. En trahissant la confiance de ceux dont, par mariage, il était l'hôte, Marsel avait attenté à leur honneur. La sanction prévue par le code est la mort. Aucune somme d'argent, fût-elle supérieure à celle qu'il avait volée, ne se substituerait à cette dette de sang. Marsel ne pouvait s'en acquitter que par sa mort ou par celle d'un autre homme de sa famille.

— Son frère ?

— Les prêtres comme les femmes sont exclus de tout acte de vengeance.

Dom Zadeja prit une ample respiration avant de prononcer son verdict.

— La seule solution pour qu'il reste en vie était… qu'il meure. Pour le Kanun, la mort du coupable éteint la dette de sang à jamais.

XIII

Dans la voiture, au retour, Amélie s'était endormie presque aussitôt, terrassée par la chaleur dans laquelle ils avaient baigné toute la journée et sans doute aussi par l'émotion qu'avait suscitée en elle la conversation avec dom Zadeja. À l'arrière, Aurel en avait profité pour rattraper un peu du sommeil de la nuit précédente.

Ils avaient été réveillés à quelques kilomètres de Tirana par un appel sur le portable d'Amélie. C'était Gaëtan qui leur proposait de passer dîner. Ils acceptèrent, assez contents de ne pas avoir à préparer quelque chose à manger en arrivant. Surtout, ils avaient envie de se délivrer du secret que leur avait confié le prêtre et d'entendre les commentaires que le Français pourrait faire sur cette histoire.

En entrant dans la villa de Gaëtan, ils trouvèrent du changement. Une réplique de la statue de la Liberté en plastique de cinq mètres de haut avait été installée l'après-midi dans la partie du salon qui servait de salle à manger. Gaëtan, juché sur un grand escabeau, était en train de fixer une lampe au-dessus de la couronne. Son chauffeur et deux Philippins observaient la manœuvre avec une visible inquiétude.

— Qu'est-ce que c'est que ce truc ? demanda Amélie, en retrouvant la gaieté que leur visite à Shkodër avait fait provisoirement disparaître.

— Une sculpture, pardi !

— En plastique ? s'écria Aurel.

Il avait frappé sur le drapé. La paroi rendait un son creux. Gaëtan redescendit de son perchoir, s'essuya les mains à une serviette que lui tendait un des assistants.

— Oui. Entièrement réalisée par une imprimante 3D !

Sa passion pour la technologie faisait briller ses yeux dès qu'il parlait d'un nouveau gadget.

— Tu l'as fait venir de l'étranger ?

— Pas du tout. J'ai acheté une imprimante géante et cette sculpture est le premier objet que nous ayons réalisé avec elle. Le seul aussi. Je pensais qu'il y avait un marché pour ça mais les Albanais n'ont pas gardé un bon souvenir des statues monumentales. Depuis qu'ils ont abattu celles d'Enver Hoxha, ils n'ont plus envie d'en fabriquer d'autres... Celle-ci était un prototype. Elle végétait dans un entrepôt. On me l'a livrée aujourd'hui.

Ils allèrent s'assoir sur la terrasse. La chaleur n'était pas retombée et, avec sa tablette, Gaëtan fit démarrer le ventilateur au-dessus de leurs têtes.

— Alors, cette visite chez les franciscains ?

Amélie raconta en détail leur rencontre avec dom Zadeja et sa confession.

— Il n'y a vraiment qu'un prêtre pour garder un tel secret si longtemps, dit Gaëtan. Tout le monde parle dans ce pays.

— Non seulement il n'a pas parlé, dit Aurel, mais pendant toutes ces années, il a fait parvenir l'argent que Marsel envoyait à la femme qu'il avait laissée ici. Le prêtre lui avait expliqué qu'avant de mourir, Rustemi lui avait fait jurer qu'il ne laisserait pas sa veuve sans secours. Et il prétendait que les fonds venaient des bonnes œuvres de la congrégation.

— Donc il sait où se trouve Alma.

— Non, parce que c'est à sa mère qu'il remettait ses secours. Depuis sa mort, il n'a plus de nouvelles. Il n'avait pas de contact direct avec la fille. Il ignore même sous quel nom elle se présente : celui de sa mère, de son père ou un autre si elle est mariée. Il ne sait rien non plus sur son oncle, le frère de Marsel, qui est pope.

Amélie, silencieuse, regardait mélancoliquement le fond de son verre.

— Moi, dit-elle, ce qui me rend le plus triste, c'est de penser à cet homme qui adorait sa fille et qui était obligé de l'abandonner pour ne pas mourir. Il n'a jamais pu lui faire savoir qu'il était vivant et qu'il pensait à elle.

— Croyez-vous vraiment qu'il y pensait toujours ? hasarda Aurel.

— Il envoyait de l'argent à sa mère et à elle par l'intermédiaire du prêtre.

— C'était peut-être le moyen de laver sa conscience. Qui nous dit qu'il n'avait pas reporté son amour sur sa deuxième fille, celle qu'il avait eue en France avec Gisèle Lumière ?

Gaëtan vint interrompre cette controverse.

— À propos de Gisèle Lumière, justement. J'ai eu quelques informations par ma sœur Claire qui vit à Lyon.

Le dîner était servi et il entraîna ses invités sous la paillotte.

— Claire a quelques années de moins que moi. Gisèle et elle étaient de la même génération. Elles ne se connaissaient pas directement mais elles avaient des relations communes. Bourk n'est pas très loin de Lyon. Claire les a contactées discrètement.

Sur un grand plateau de bois à roulettes étaient disposés toutes sortes de plats d'inspiration asiatique : poulet laqué, salades de crabe, crevettes en sauce. Les convives pouvaient se servir librement, en faisant tourner le plateau.

— La famille Lumière est très connue à Lyon. Gisèle, je vous l'ai dit, appartenait à une branche éloignée de celle des célèbres frères. Son père était notaire dans la presqu'île.

Jules, le serveur philippin, proposait au choix vin blanc ou vin rouge. Aurel se fit servir un grand verre de blanc, le but et demanda au serveur de lui en verser tout de suite un autre.

— Gisèle était fille unique. Elle avait d'abord fait la fierté de sa famille en suivant des études brillantes aux Beaux-Arts avec une spécialité de conservatrice. Ses parents s'étaient un peu inquiétés quand elle était partie en Albanie, avec un contrat de la fondation Marubi.

— Quel âge avait-elle ? demanda Amélie.

— En 95, peut-être vingt-trois ans. Ils ont été franchement paniqués quand, deux ans plus tard, l'Albanie a fait la une des médias à cause de la guerre civile qui y faisait rage.

— Elle n'a pas été évacuée avec les autres étrangers ?

— Pas tout de suite. Elle était à Shkodër et elle affirmait que le Nord était calme.

— Ce qui était vrai, dit Aurel.

— Ça n'a pas duré. Pourtant, même quand les pillages ont commencé dans la ville, elle a refusé d'être rapatriée. Les parents ont remué ciel et terre. Ils ont même fait intervenir le ministre des Affaires étrangères. Ils étaient prêts à demander qu'on envoie la Légion.

— Et finalement ?

— Un beau jour, elle a réapparu. À Lyon.

— Seule ?

— Avec un Albanais.

— Marsel ?

— Lui-même.

— Ça n'a pas dû plaire aux parents, ironisa Amélie.

Elle se souvenait de la tête des siens quand elle leur avait présenté Seylou, un garçon merveilleux dont elle était amoureuse mais qui avait le grand tort à leurs yeux d'être sénégalais.

— Ils avaient espéré pour elle un mariage bourgeois et s'apprêtaient à lui présenter un jeune centralien, fils aîné d'une famille de soyeux.

— Elle était déjà mariée avec Marsel ?

— C'est ce qu'elle a annoncé à ses parents. Ils se sont mis très en colère. Ils n'ont plus jamais voulu la voir et le couple est parti s'installer dans le Berry. Ils ont acheté un grand domaine. Maintenant que vous m'avez raconté comment Rustemi avait acquis sa fortune avec une pyramide, je comprends mieux d'où ils avaient tiré les fonds.

Il fit tourner le plateau rond et encouragea ses hôtes à se resservir.

— Ma sœur Claire a même une copine qui s'est arrêtée dans leur propriété un jour où elle voyageait en voiture de Lyon vers la Bretagne. Apparemment, c'était magnifique. Le haras élevait des chevaux de concours qu'ils vendaient dans le monde entier.

— Sauf en Albanie, ricana Aurel.

Amélie avait sorti son portable et ouvert l'application calculette.

— Je ne suis pas très douée pour le calcul mental, mais quelque chose m'a frappée. Leur fille avait quatorze ans quand elle est morte dans un accident de car. Cela voudrait dire que sa mère l'a eue à trente-six ans. Ils étaient mariés depuis près de treize ans.

— Apparemment Gisèle a raconté à sa copine que sa conception avait été difficile. L'enfant était née par FIV. Ils y tenaient d'autant plus qu'ils l'avaient longtemps attendue.

Ils restèrent un long moment silencieux. On entendait seulement la légère vibration des pales du ventilateur et, dans l'obscurité, du côté du rivage, le feulement du vent dans le bois de pins.

— Ainsi, ils se connaissaient depuis Shkodër, dit Amélie pensivement. Marsel s'était bien gardé de le dire au vieux prêtre. Et surtout de lui annoncer qu'ils comptaient s'enfuir ensemble.

— À deux c'est plus commode pour porter les valises de billets, ironisa Aurel.

Amélie lui décocha un regard furieux.

— Ce que je comprends, reprit-elle avec gravité, c'est que Rustemi avait une raison supplémentaire de redouter une vendetta. Non seulement il avait ruiné sa belle-famille mais il avait trompé sa femme.

Gaëtan secoua la tête.

— Dans le Kanun, quitter sa femme n'entraîne pas une dette de sang. La compensation prévue est une simple amende.

Il se leva et pénétra au salon. Il en revint quelques instants plus tard.

— Puisque vous vous intéressez au Kanun, le mieux, c'est que vous le lisiez. Tenez, le voici en traduction française. Vous allez voir, c'est à la fois admirable et terrifiant. Un vrai système juridique. Complet, très moderne en un sens. Mais traversé par la mort et sans aucune considération pour la vie humaine.

Amélie saisit le volume et jeta sur sa couverture noire un regard à la fois de fascination et d'horreur.

— La mise en scène presque rituelle du crime et toute l'histoire de Marsel laissent peu de doutes sur le fait qu'il s'agit bien d'une vendetta, conclut-elle. Mais pourquoi si longtemps après ? Vingt-sept ans !

— Peu importe le temps, pour le Kanun. Une dette de sang ne s'efface jamais. La vraie question c'est : *comment* la vendetta s'est-elle déclenchée ?

Aurel avait une furieuse envie de jouer du piano mais il n'avait pas osé s'en ouvrir à Gaëtan. Il avait honte de son comportement lors du dîner avec la ministre. Mais cette envie était si puissante que, dans la voiture au retour vers Tirana, il se décida à demander à Amélie s'il pouvait monter jouer quelques morceaux chez elle.

— Bien sûr ! De toute façon, j'ai bien dormi en descendant de Shkodër. Je ne vais pas me coucher tout de suite.

Ils montèrent à la résidence. La chatte se jeta dans leurs jambes en miaulant. Amélie la prit pour la caresser et disparut dans sa chambre.

— Le piano est dans le grand salon. Faites comme chez vous.

Aurel ôta sa veste et s'installa sur le tabouret.

« Chez vous » !

Aucun mot ne pouvait être plus douloureux à entendre. Jamais pendant ces dernières années Aurel ne s'était senti aussi perdu. Même à Acapulco où il vivait dans une chambre d'hôtel, il n'avait eu à ce point la sensation qu'il n'était plus lui-même. D'habitude, sous les tropiques, il s'enfermait dans son passé, reconstruisait chez lui une petite Roumanie intemporelle et mettait les autres à distance en portant des tenues vaguement soviétiques qui le faisaient passer pour un original. En Albanie, tout se mêlait. L'ailleurs et le familier, le présent et le passé.

En arrivant, il avait visité au centre-ville la Maison des Feuilles, un mémorial consacré à la période communiste, installé dans l'ancien bâtiment de la Sigurimi, le KGB albanais. Il avait traversé les salles remplies des vieux magnétophones dont se servait le Parti pour écouter les conversations et débusquer les traîtres au régime. Il avait longuement regardé les vitrines où étaient exposés toutes sortes de micros, de caméras, d'appareils photo. Il avait ensuite pénetré dans une pièce où étaient suspendus les vêtements de l'époque, ceux dans l'ourlet desquels étaient dissimulés les instruments de travail des espions et des mouchards. C'était une collection de longs manteaux gris, de vestes épaisses mal coupées, de chemises jaunies, de chaussures à l'empeigne craquelée. Pendant qu'il restait là, à contempler ces reliques, il eut tout à coup le sentiment d'un malaise. Les autres visiteurs le regardaient. C'étaient pour la plupart des Albanais qui, par leur âge, devaient avoir connu ces temps de dictature. Ils étaient vêtus comme des personnes d'aujourd'hui, avec des tissus modernes et souples, des couleurs vives. Tous les regards étaient fixés sur lui. Une sorte de révélation l'accabla : ils devaient le voir comme une pièce *vivante* de ce musée. Les vêtements qu'il portait étaient les mêmes que ceux qui s'étalaient dans les vitrines. Son accoutrement ne renvoyait pas à un ailleurs, comme lorsqu'il vivait en Afrique. Il se rattachait à un avant. Il portait sur lui son passé et, pour son malheur, ce passé était aussi celui de ceux qui l'entouraient *aujourd'hui*.

Cette découverte lui avait donné l'impression qu'on le privait de son refuge. Il avait envie de jeter toute sa garde-robe mais n'avait aucune idée de ce qu'il pourrait porter à la place. Heureusement, son stock de guayaberas lui avait fourni une solution provisoire. Il se promenait partout avec ses chemises ornées de perroquets ou de cocotiers.

Le piano aussi était un refuge profané. Quand il disposait du sien, chez lui, il s'abandonnait à la musique comme si elle lui permettait d'entrer dans un autre monde, celui de ses rêves et de ses désirs. Sur le bizarre instrument de Gaëtan, il n'avait pas pu se délivrer du présent. Il suivait un répertoire et restait attentif à ce qui l'entourait. L'alcool seul lui avait permis de s'évader mais si loin et dans un sommeil si abrutissant qu'il en était sorti encore plus accablé.

Chez Amélie, il avait espéré trouver une forme de solitude. Malheureusement, elle était revenue de sa chambre vêtue d'un kimono léger et s'était installée derrière lui, le chat sur les genoux. Il ne pouvait pas s'abstraire de cette présence muette dans son dos. Il avait joué quelques mélodies sans conviction et s'était retourné.

— Vous pouvez continuer, l'encouragea Amélie. J'aime bien vous entendre jouer.

— Merci. J'avais envie de plaquer quelques accords mais voilà, c'est fait et cela me suffit.

Il vint s'assoir sur une chauffeuse, de l'autre côté de la table basse.

— Vous buvez quelque chose ?

— Volontiers.

— Désolée, je n'ai toujours pas fait venir de blanc. Un whisky ?

Elle alla jusqu'à un meuble bas, sortit une bouteille et deux verres puis revint s'assoir.

— Comment allez-vous, Amélie ? Nous n'avons pas eu le temps de parler de vous depuis mon arrivée.

Elle lui sourit. Une confiance affectueuse existait entre eux qu'elle n'avait jamais partagée avec personne. Elle connaissait ses blessures et il pressentait les siennes.

— La vie passe, dit-elle sur un ton mélancolique. Je donne tout au travail maintenant. Il faut savoir changer son point de vue sur le bonheur.

Elle lui raconta l'anecdote du Sénégalais et Aurel s'en étonna. Il avait toujours cru que son désir allait vers les femmes. Il l'avait découvert lorsqu'ils étaient partis à la recherche de l'épouse de l'ambassadeur à Bakou. Amélie n'avait pas caché qu'elle avait éprouvé pour elle une passion qui ressemblait furieusement à de l'amour.

— Comment avez-vous vécu depuis l'Azerbaïdjan ?

La chatte, sur les genoux d'Amélie, s'était tournée sur le dos et la regardait avec ses yeux clairs.

— J'ai rompu avant de venir ici avec une personne que j'aimais. Nous allions adopter un enfant.

Aurel se demanda si elle s'adressait à l'animal ou à lui tant elle parlait à voix basse. L'animal se mit à ronronner.

— Mais sans doute ce n'était pas mon destin.

Puis, sur un ton enjoué et en grattant le chat sous la gorge :

— Mon destin était de rester avec cette demoiselle et de lui donner tout mon amour. Un autre whisky ?

Elle était déjà debout et la chatte fila se cacher sous un meuble. Quand elle rapporta les verres, l'atmosphère n'était plus aux confidences. Elle était redevenue madame l'Ambassadrice.

— Où en sommes-nous dans cette affaire Lumière ? L'histoire de la victime est à peu près claire maintenant. Mais nous ne savons toujours pas comment mettre la main sur sa fille.

— Je vais aller à Tropojë, déclara Aurel sur un ton décidé.

XIV

— Pourquoi Tropojë ?

Aurel avala son whisky d'un trait. *Amélie a raison*, pensait-il. *Rien de tel que l'action pour soigner le vague à l'âme.*

— Parce que c'est là-bas qu'Alma a vécu avec sa mère. Même si elle est partie ailleurs après sa mort, quelqu'un saura bien me dire là-bas où elle peut se trouver.

— Vous savez que je ne pourrai pas vous accompagner. Cela prend beaucoup de temps d'aller dans les montagnes. Les routes sont mauvaises, même s'ils viennent d'en construire une nouvelle jusqu'à Theth. Je ne peux pas m'absenter longtemps en ce moment. Une visite ministérielle est prévue dans quinze jours et je dois la préparer.

— J'irai seul.

— Seul ! Mais vous ne parlez pas la langue.

— Quelqu'un de l'ambassade pourrait m'accompagner.

— Je n'ai personne à vous détacher en ce moment. Loïc a un travail fou et l'équipe est réduite. On doit recruter deux personnes.

— Si je loue une voiture avec chauffeur…

— Oubliez ça. Vous allez tomber sur n'importe qui. Et ce sont souvent des indics de la police.

— Je ne fais rien d'illégal.

— Peu leur importe. Vous êtes de l'ambassade, cela suffit. Ils nous surveillent. Le pays reste méfiant à l'égard des étrangers.

Amélie croisa les jambes sous elle et se tassa sur le canapé. La fatigue la gagnait.

— Tant qu'à emmener un flic, dit-elle avec un bâillement, prenez Grobert puisqu'il a l'air de vous avoir à la bonne.

— Jamais ! Il est trop brutal. Il risquerait de tout faire échouer.

— Bon, le seul dont je pourrais me passer en ce moment, c'est Ismaïl. Je n'ai pas de déplacements officiels prévus ces jours-ci.

— Oui, Ismaïl. Bonne idée. Il parle albanais ?

— Il se débrouille. Je verrai demain matin s'il est d'accord. Pour la voiture, en revanche, il faudra demander à Gaëtan de vous prêter un 4 × 4. Celui de l'ambassade est en révision depuis deux mois et j'ai bien l'impression qu'il est mort. Je l'appellerai si vous voulez.

En raccompagnant Aurel, Amélie déposa un petit baiser sur sa joue. Venant d'une autre femme, ce geste l'aurait fait s'évanouir, mais de sa petite-cousine, cela lui parut naturel. Il rentra chez lui à pied en chantonnant, sans remettre sa veste.

Ils étaient en pleine réunion le lendemain matin dans le bureau d'Amélie – Ismaïl, Loïc, Elmira et Aurel – quand Grobert fit une bruyante apparition à la chancellerie. Il s'était visiblement préparé pour une annonce fracassante car il avait enfilé un pantalon et s'était rasé. La peau de ses joues, qui n'avait pas l'habitude d'être à l'air libre, luisait, toute rose comme celle d'un nourrisson.

— Excusez-moi tous. J'ai une nouvelle de la plus haute importance à vous communiquer.

Amélie l'invita à s'assoir mais il préféra rester debout pour pouvoir déclamer, comme un héraut du Moyen Âge.

— On a retrouvé l'assassin de Lumière, hucha-t-il.

— Diable ! s'écria Loïc. Qui est-ce ?

— On n'en sait rien encore.

— Alors comment... ?

— Il a été identifié par son arme, dont les caractères balistiques sont identiques à celle qui a abattu notre homme. Et les témoins à qui on a présenté sa photo l'ont reconnu. Cette découverte est le fruit d'une remarquable coordination entre les polices française, suisse et italienne.

On le sentait fier de rendre cet hommage à l'institution qu'il avait servie si longtemps et tant critiquée.

— A-t-il donné des explications sur son geste ? demanda Amélie.

Grobert ricana. Il attendait cette question pour lâcher sa bombe.

— Aucune. Et il n'en donnera pas.

— Pourquoi ?

— Parce qu'il est mort.

Le premier moment de stupeur passé, Amélie reprit un ton d'autorité.

— Maintenant, commissaire, asseyez-vous, je vous prie, et livrez-nous des explications claires. Où et comment cet homme a-t-il été retrouvé et pourquoi est-il mort ?

Le policier n'avait pas le choix. Il s'assit puisque c'était un ordre. Mais il fit encore durer un peu l'attente, en déplaçant lentement sa chaise et en s'y installant avec précaution.

— Eh bien ?

— Il a été assassiné à Côme, tout près de la frontière suisse. Deux hommes à moto se sont arrêtés près de lui dans une station-service et l'ont abattu à bout portant. Mais cette fois, ajouta le commissaire en jetant un coup d'œil vers Aurel, ils n'ont pas enlevé leur casque. Ils n'ont pas parlé et n'ont pas retourné le cadavre. Pour qui en douterait, c'est un règlement de comptes mafieux dans les règles de l'art.

— Comment a-t-on su que c'était l'homme de Chamonix ?

— À cause du portrait-robot, dit Grobert.

Son ton laissait percevoir une certaine mauvaise foi.

— Mais aussi parce que l'homme portait un pistolet sur lui, dont il n'a pas eu le temps de faire usage. L'analyse de cette arme a permis de la rattacher au meurtre de Lumière.

— Est-ce que l'on connaît l'identité de cet individu ?

— D'après ses papiers, c'est un Kosovar résidant en Suisse depuis cinq ans. Il était connu pour trafic de stupéfiants mais c'était un petit joueur.

— Lié à la belle-famille de Lumière ?

— Pas du tout. Il appartenait à une bande de seconde zone, originaire de Mitrovica, bien loin de la montagne albanaise.

Le silence régnait dans la pièce. Chacun réfléchissait aux conséquences de ce coup de théâtre.

— Quelles conclusions en tirez-vous pour notre affaire ?

Sans surprise, Grobert prêcha pour sa paroisse.

— Qu'il s'agit, comme nous le pensions, de règlements de comptes en série dans le cadre de guerres entre groupes mafieux. Notre brave M. Lumière n'était sans doute pas l'homme intègre aux mains blanches qu'il s'efforçait de paraître. Le magistrat instructeur va certainement rendre des conclusions en ce sens et les investigations s'arrêteront là.

— Au pénal, peut-être. Mais il reste à régler des questions civiles et notamment l'héritage de M. Lumière.

— Certainement, Aurel. Malheureusement, ce n'est plus de ma compétence mais de la tienne.

— En effet, c'est celle du consulat, trancha Amélie. Nous avons appelé le notaire chargé de la succession ce matin avant cette réunion. Il confirme que le défunt n'a qu'un héritier dans le droit français : la fille qu'il a eue d'un premier mariage ici. Le frère du défunt nous intéresse pour la retrouver mais il ne peut prétendre à rien. De toute façon, les deux ont apparemment disparu.

Aurel, qui n'avait pas oublié la partie dans laquelle il était engagé avec Grobert, intervint, à la grande surprise d'Amélie.

— Je pars aujourd'hui pour Tropojë, annonça-t-il, sans dévoiler son mandat.

— Comme tu voudras, dit le policier avec un sourire mauvais. Mais c'est se jeter dans la gueule du loup. Je te l'ai dit : l'ex-belle-famille de Lumière appartient à un cartel extrêmement dangereux. Ils vivent entre Tropojë et Prizren, au Kosovo. Je ne suis pas sûr qu'ils apprécient que l'on vienne mettre son nez dans leurs affaires.

— Nous cherchons une héritière, pas des coupables, dit Amélie, en renfort d'Aurel.

— J'espère qu'ils sauront faire la différence.

Sur ces mots, le commissaire se leva, prit congé et laissa un grand froid dans la salle.

Le 4 × 4 arriva à l'ambassade. Gaëtan suivait au volant d'une autre voiture, pour ramener le chauffeur. Il monta à la résidence et trouva Aurel tout prêt, vêtu d'une guayabera neuve à motifs de ratons laveurs, sa petite valise en cuir bouilli posée dans l'entrée. Ismaïl, qui avait accepté la mission avec enthousiasme, discutait avec Amélie sur la terrasse.

— À quelle heure comptez-vous partir ? demanda Gaëtan.

Amélie consulta sa montre et se rendit compte qu'il était déjà midi.

— Ils vont déjeuner d'abord…

— La route est longue et la nuit tombe tôt. Je conseille qu'ils y aillent tout de suite. Il y a une glacière dans la voiture avec des boissons et des sandwichs.

— Tu penses à tout. Eh bien, à cheval, les garçons !

— Un mot d'abord.

Gaëtan les entraîna de nouveau sur la terrasse et ils s'assirent autour de la table.

— J'ai fait des petites recherches de mon côté. J'ai revu la ministre de l'Intérieur à propos de son drone. À ma demande, elle a consulté ses services. Un passeport a été émis au nom d'une certaine Alma Kukeç il y a six mois. C'est le nom de jeune fille de sa mère. L'adresse était 210, Rruga Skënderbeu à Tropojë.

— Génial. Ça va les aider beaucoup.

— Oui, mais ce n'est pas tout. Le ministère du Tourisme est tenu de faire valider par l'Intérieur les permis de travail pour les guides employés sur les sites touristiques. Il y a un peu plus de trois ans, un permis a été établi à ce même nom pour le site de Butrint.

— Où est-ce ?

— C'est vrai, mon pauvre Aurel, dit Amélie, vous n'avez pas encore eu le temps de visiter le pays… Butrint est un incontournable, il faudra que vous y alliez un jour. Le site archéologique a été découvert par les Italiens à la période fasciste.

— Tout au sud du pays, précisa Gaëtan. Presque à la frontière grecque. En face de l'île de Corfou. Il est donc possible qu'Alma se trouve plutôt là, à moins qu'elle soit à l'étranger. Quoi qu'il en soit, commencez par Tropojë, vous en apprendrez sûrement plus sur place.

— On ne change rien, alors, conclut Amélie.

— Encore un mot. J'ai appelé le métropolite, le chef de l'Église orthodoxe. Un vieil ami qui ne peut pas me refuser grand-chose.

— Qu'est-ce que tu lui vends, à celui-là ?

— Disons que j'ai contribué à la reconstruction de pas mal d'églises que les communistes avaient laissées pourrir. Peu importe. Je lui ai parlé du frère de Marsel, Artur Rustemi. Le métropolite connaît tous ses popes et il a tout de suite identifié celui-là. Il officiait dans la zone de Bajram Curri, qui comprend Theth et Tropojë.

— Donc près d'Alma et de sa belle-sœur.

— Dans sa région natale. Mais il y a quelque chose de bizarre. Le métropolite se souvenait d'autant mieux de lui qu'il a reçu de sa part une lettre de démission il y a deux semaines environ.

— On peut démissionner quand on est pope ?

— Oui, Amélie, comme un ambassadeur. Dans ce cas, on quitte les ordres. On revient à la vie civile, si on peut dire.

— C'est ce qu'il a fait ?

— Sans doute mais, en plus, il a disparu. Quand le métropolite l'a convoqué pour lui demander des explications, on lui a répondu qu'Artur avait déménagé sans laisser d'adresse. Vous pourrez peut-être en apprendre un peu plus là-bas.

Gaëtan claqua ses deux mains sur ses cuisses et conclut :

— Allez-y maintenant. Ne perdez pas plus de temps.

Pour atteindre les montagnes, il fallait d'abord repasser par Shkodër. La route leur parut bien monotone, dans la poussière de la plaine côtière. Ils montèrent ensuite dans une large vallée au fond de laquelle brillait une rivière sinueuse. La route devenait étroite, bordée des deux côtés par des murets de pierre sèche. Un maquis de noisetiers nains couvrait les champs alentour. Des cyprès se dressaient çà et là mais se faisaient de plus en plus rares à mesure que la route s'élevait sur le plateau. En arrière, au loin, l'immense nappe d'eau du lac de Shkodër brillait, étale, sous le soleil. À un moment, la pente devint plus raide et la chaussée plus large. Des travaux récents avaient creusé des saignées dans la roche blanche et une voie nouvelle, couverte d'un asphalte généreux, traçait des lacets amples sur le flanc des collines.

Quand ils eurent suffisamment avancé sur le plateau, ils aperçurent, loin vers le nord, les hauts sommets des Alpes dinariques. Sur la gencive arrondie des forêts sombres poussait une denture de roches que l'érosion et le temps avaient inexorablement rognées. Elles formaient des pics blancs à l'élan brisé qui s'effondraient doucement en larges coulées d'éboulis.

La route restait sur le plateau, interminable et dénudé. Le soleil d'août le barbouillait de lumière mais on sentait que ces paysages étaient plutôt façonnés par le froid, la neige et le vent. Les couleurs dont ils étaient parés ressemblaient à un fard appliqué sur le visage d'un mort.

Tout était rude, sauvage, désertique. Les arbres nains, ployés sous la tyrannie d'hivers terribles, prenaient des formes torturées et presque suppliantes. Les habitations isolées étaient rares et leurs murs presque aveugles disaient assez qu'elles étaient bâties comme des refuges contre les tempêtes glaciales d'un climat hostile. Par moments apparaissaient des cours d'eau à sec. Ils étaient si larges qu'on pouvait imaginer les torrents de boue qui les dévaleraient dès l'automne venu. Il y avait peu de voitures sur la route et, de temps en temps, ils croisaient une charrette tirée par un cheval étique. Dans les champs minuscules, le foin était stocké en meules, autour d'un piquet de bois.

Ils longèrent la ville de Bajram Curri sans y entrer puis poursuivirent au nord-est en direction de Tropojë. Ils l'atteignirent à la tombée de la nuit. Un pont, entouré de balustrades en rondins, permettait d'accéder au village.

Elmira avait réservé pour eux dans la seule guest-house. Les rues en pente étaient mal éclairées par des réverbères qui diffusaient autour d'eux une faible lumière jaunâtre. Seule la maison où se trouvaient les chambres d'hôte se signalait par un panneau lumineux qui clignotait sur un mur sombre. Ils se garèrent dans une petite cour. Deux chiens retenus par des chaînes aboyèrent à leur arrivée. Une femme sortit sur le pas de sa porte et les fit taire d'une voix rauque.

La maîtresse des lieux accueillit les voyageurs sans bouger et leur fit signe d'entrer. L'air était piquant, malgré un reste de chaleur que diffusaient les pierres.

Ils pénétrèrent dans un salon meublé à la mode paysanne, avec vaisselier en bois et toile cirée à fleurs sur la table.

La femme était sans âge, très maigre, le visage ridé, les yeux clairs. Elle portait une blouse bleu pâle à manches courtes. De grosses veines ruisselaient sur ses bras, comme des lianes entourant une branche noueuse.

Elle parlait un peu d'italien et, avec ce qu'Ismaïl savait d'albanais, ils arrivèrent à comprendre qu'elle les attendait, qu'elle avait préparé un dîner pour eux mais que d'abord ils devaient déposer leurs bagages. Elle les précéda dans un escalier en ciment dont les murs n'étaient pas encore enduits. Ils montèrent deux étages et débouchèrent sur un palier dans lequel s'ouvrait une unique porte. L'hôtesse les fit entrer dans un grand dortoir installé dans les combles. Sous les pentes du toit apparaissait l'alignement des poutres. La pièce sentait le neuf. Le seul ameublement consistait en deux lits étroits poussés sur les côtés, à l'endroit où les poutres rejoignaient les murs. Une table en Formica et deux chaises complétaient la décoration. Fixée à un chien-assis, la seule fenêtre donnait sur la campagne et permettait d'apercevoir la rivière et le pont en contrebas.

Ismaïl tenta de faire valoir qu'ils avaient réservé deux chambres mais la femme lui fit comprendre qu'elle ne disposait que de cet espace pour la location. Au chiffre

« deux » qu'il exprimait avec les doigts, elle opposa fermement la présence de deux lits. Que voulaient-ils de plus ? Ils capitulèrent, posèrent leurs bagages sur les chaises et descendirent dîner.

Le repas consistait en boulettes de viande et fromage chaud, accompagnés de galettes de pain que la femme avait cuites elle-même. Aurel se rappelait que Gaëtan avait fait mettre une bouteille de blanc dans la glacière mais il n'osa pas ressortir pour la chercher. La femme les regardait manger, debout, les bras croisés.

Pour alléger l'atmosphère, Aurel prononça le nom d'Alma, en la désignant sous ses deux patronymes, Rustemi et Kukeç.

La vieille femme secoua la tête puis elle leur tourna le dos pour aller fourrager dans une casserole. Ils remarquèrent qu'elle se signait.

— Elle n'a pas l'air commode, dit Ismaïl. Le mieux est d'aller nous coucher. On verra demain.

XV

À leur réveil, ils firent une découverte désagréable. Le téléphone mobile d'Ismaïl ne captait pas. Il existe plusieurs réseaux en Albanie. Celui qu'il utilisait ne devait pas avoir de relais dans la montagne. Pourtant, ils avaient remarqué que leur hôtesse possédait un appareil qu'elle déposait sur le vaisselier. Il faudrait lui demander le nom de son opérateur et voir s'ils pouvaient acheter une puce quelque part.

Ils ne la trouvèrent pas dans la maison quand ils descendirent prendre leur petit déjeuner. Tout était prêt pour eux sur la table de la cuisine mais la maîtresse des lieux était invisible.

Ils burent leur café en silence puis sortirent pour commencer les recherches sans plus attendre.

Le temps, en cette fin d'août, avait changé. Des nuages venus de l'Adriatique dérivaient dans le ciel, poussés par un vent d'altitude. L'air conservait un peu de la fraîcheur de la nuit. Il n'y avait presque personne dans les rues pavées du village. Ils passèrent devant une église orthodoxe à l'architecture byzantine. Un peu plus haut, ils aperçurent une grande tour carrée en pierre dont le dernier étage était entouré de galeries de bois. Des contrevents pleins obturaient les ouvertures de la galerie. Une seule était recouverte d'une sorte de paroi à clairevoie, formée de lattes croisées qui devaient laisser filtrer un peu de lumière. Ce n'était ni un château, ni une maison forte. Quelque chose de primitif et de sauvage émanait de cette construction mystérieuse.

— Une *kulla* ! s'écria Ismaïl. Je n'en avais vu qu'en photo.

Aurel tressaillit. Il avait lu ce mot dans le Kanun et Gaëtan en avait parlé. C'était l'endroit où se réfugiaient ceux dont c'était le tour de mourir, dans le cycle de la vendetta. Ils y demeuraient cloîtrés des jours, des semaines, des années parfois, renonçant à la vie pour mieux échapper à la mort violente.

— Tu crois qu'elle est encore occupée ?

— Certainement pas. Depuis le régime communiste, ces pratiques sont interdites.

— Mais elles continuent et les *kullas* ne sont pas détruites.

— En effet. Les *kullas* d'aujourd'hui doivent être des maisons comme les autres. Ces vieilles tours sont devenues des monuments historiques que l'on fait visiter aux touristes.

Ils dépassèrent la tour et Aurel se retourna plusieurs fois pour la regarder encore, tant elle le fascinait.

Ils arrivèrent bientôt sur une place plantée de marronniers. Des tables et des chaises étaient disposées devant un café. Deux vieillards étaient assis et regardaient leurs petits verres emplis d'un jus noir sans mot dire. Ismaïl approcha d'eux, les salua et demanda où se trouvait la Rruga Skënderbeu. Comme ils pouvaient s'y attendre, c'était la rue principale qu'ils venaient de remonter et qui se poursuivait plus loin, en direction de la campagne. Ils remercièrent et la suivirent, en cherchant le numéro 210.

Ils l'atteignirent au bout d'une centaine de mètres et se trouvèrent face à une grosse maison à un étage, couverte d'un toit de tuiles romaines. Toutes les fenêtres étaient fermées par des persiennes dont la peinture blanche s'écaillait. Sur le côté, un portail en fer laissait entrevoir un petit jardin. Ils s'approchèrent et virent que les arbres et les plantes en pot poussaient en désordre et sans soin, certaines grillées par le soleil. Des herbes folles, sur le sol, commençaient à envahir ce qui avait dû être une petite pelouse. Ils cherchèrent une sonnette près de la porte d'entrée et appuyèrent sans conviction. Aucun son ne retentit à l'intérieur et rien ne bougea. À l'évidence la maison était vide. Elle semblait avoir été entretenue ainsi que le jardin jusqu'à une date assez récente. Mais pour l'heure, elle était abandonnée.

Deux hommes passèrent dans la rue, en portant des fourches sur l'épaule. Ils avaient des têtes carrées, les cheveux rasés sur les tempes et la nuque, des yeux durs. Ismaïl s'approcha d'eux. Comme souvent les Albanais au premier contact, ils eurent une mimique de colère mais aussitôt qu'Ismaïl les salua poliment, ils s'adoucirent et prirent un air moins farouche.

Ils ne comprirent pas tout de suite la question et se la firent répéter. Quand, enfin, ils eurent bien distingué le nom d'Alma sous l'accent étranger, ils reprirent aussitôt leur attitude hostile. Cette fois ce n'était plus une expression de surprise mais la manifestation d'un mécontentement profond. Ils secouèrent la tête et, sans un mot, s'éloignèrent, en balançant leur fourche sur l'épaule comme un fusil.

Aurel et Ismaïl se regardèrent, intrigués, puis reprirent leur exploration du village. Ils tombèrent sur une petite boutique qui vendait toutes sortes de produits, du Coca-Cola à la mousse à raser, en passant par quelques légumes, exposés sur la devanture dans des cageots. Un homme d'une cinquantaine d'années sortit de l'arrière-boutique et ils commencèrent par lui demander s'il vendait des puces pour les mobiles. L'épicier fit « non » de la tête. Ils n'insistèrent pas. Comme il avait l'air plus à l'aise avec Aurel, celui-ci se hasarda à parler d'Alma. La réponse fut aussi catégorique qu'elle l'avait été avec les deux paysans. L'homme, presque aussitôt, regarda sa montre, les poussa fermement dehors et baissa un rideau devant sa porte.

Ils poursuivirent leurs recherches toute la matinée sans aucun succès. Ils entrèrent même dans un bâtiment public qui devait être la mairie. Une employée de forte corpulence tenait ce qui ressemblait à une permanence, assise derrière une table en bois blanc. Ils prirent un ton plus officiel pour s'adresser à elle. Aurel répéta plusieurs fois le mot « ambassade », qui se comprend à peu près dans toutes les langues.

Mais la fonctionnaire les éconduisit avec le même air hostile que les autres quand ils la questionnèrent à propos d'Alma. Comme ils insistaient, elle saisit un gros téléphone en Bakélite et forma un numéro. Il était à craindre qu'elle n'appelle quelqu'un en renfort pour les jeter dehors. Ils jugèrent prudent de s'éclipser d'eux-mêmes.

N'ayant croisé aucun établissement qui pût, même de loin, ressembler à un restaurant, ils redescendirent à la pension où ils avaient dormi pour voir s'ils pourraient y déjeuner.

La température avait monté mais la chaleur était plus lourde que la veille et de gros nuages noirs s'accumulaient dans le ciel. Le vent était tombé. Le temps tournait doucement à l'orage, sans qu'on pût savoir à quelle heure il éclaterait.

Leur hôtesse vaquait dans sa cuisine et ne semblait pas enchantée de les voir revenir. Mais, sacrifiant à la légendaire hospitalité albanaise, que le Kanun considérait comme une dimension essentielle de l'honneur, elle les fit assoir et réchauffa pour eux de mauvaise grâce un fricot sur sa cuisinière.

Ils remontèrent s'allonger une heure dans le dortoir, pour réfléchir à ce qu'ils allaient faire. Ismaïl était d'avis de rentrer à Tirana, au besoin en faisant halte dans un hôtel confortable à Shkodër. Il se montrait assez inquiet. L'ambiance était pesante, chargée de menace. Non seulement il ne croyait pas qu'ils obtiendraient quoi que ce soit, mais il lui semblait qu'ils risquaient à tout moment de déclencher une réaction violente ou d'être dénoncés à la police et de devoir s'expliquer.

— Nous ne faisons rien de mal, objecta Aurel. Nous recherchons l'héritière d'un homme disparu.

— Les flics, dans ces campagnes, ont gardé une grande méfiance à l'égard des étrangers. Et ils sont encore souvent corrompus. Qui peut savoir comment ils nous traiteront ?

— Nous n'avons pas fait tout ce chemin pour renoncer aussi vite. Il faut insister. Nous allons bien trouver quelqu'un d'un peu plus ouvert.

Ils ressortirent vers quinze heures trente. Le ciel était toujours chargé mais l'orage ne paraissait pas décidé à crever. Ils prirent la direction opposée à celle qu'ils avaient suivie le matin et descendirent jusqu'à la rivière.

Ils montèrent ensuite sur l'autre rive, où on distinguait les quelques maisons d'un faubourg. Ils s'adressèrent à des cantonniers qui curaient un fossé, à une jeune fille qui poussait une vache sur la route, à un couple de vieillards qui prenait l'air sur des chaises devant son logis. Chaque fois, on leur faisait comprendre que leurs questions n'étaient pas recevables et qu'ils feraient mieux de passer leur chemin. Plus le ciel s'obscurcissait et plus le paysage prenait une tonalité sombre, lugubre, menaçante. Ils finirent par se décider à rebrousser chemin. Ils repassèrent le pont et commençaient à gravir la pente jusqu'à la pension quand un bruit sec retentit au loin, redoublé par un écho entre les deux versants de la vallée.

Ils crurent à un pétard ou au raté d'un moteur. Mais, un très court instant plus tard, ils entendirent un choc sur le mur qu'ils longeaient. Une plaque de crépi se décolla, des briques rouge sang apparurent derrière et ils virent distinctement qu'elles portaient la trace d'un impact de balle.

Le projectile était passé à quelques centimètres au-dessus de la tête d'Aurel.

Ils coururent aussitôt en se baissant pour rejoindre la pension. Ils y arrivèrent hors d'haleine. L'hôtesse était dans la cour en train de nourrir ses lapins et elle ne se retourna pas. Ils montèrent l'escalier quatre à quatre et s'enfermèrent dans le dortoir.

— Ils ont voulu me tuer !

Aurel, hébété, assis sur son châlit, se massait le crâne à l'endroit où, supposait-il, la balle l'avait frôlé.

— Non, c'est passé au moins à dix centimètres au-dessus. Fais voir.

Ismaïl se pencha sur le crâne de son compagnon. Il était rougi non par un projectile mais par les doigts d'Aurel qui l'avait gratté au sang.

— Va voir si la porte ferme à clef.

— Non, répondit Ismaïl. Il n'y a pas de clef dans la serrure.

— Alors cale la table pour qu'on ne puisse pas l'ouvrir. Et ajoute une chaise, pour être sûr…

La pièce était plongée dans la pénombre.

— Surtout, dit Aurel, n'allume pas. Va voir à la fenêtre si elle a des volets mais ne te montre pas.

Ismaïl glissa, le dos contre le mur du chien-assis, et se tint en retrait de la fenêtre tout en regardant à travers elle. Il n'était que cinq heures et l'obscurité venait moins du crépuscule que de l'orage qui noircissait le ciel. Une bande orangée se dessinait sur les reliefs. Les nuages gonflés retenaient encore la pluie. Le sol restait sec mais on n'apercevait personne, ni dans la rue devant la pension, ni au loin sur le versant d'où, probablement, on avait tiré.

— Pas de volets.

— Alors, tire le rideau.

Avec un bruit métallique, les anneaux coulissèrent sur la tringle et le petit carré de tissu léger déploya devant la fenêtre sa protection dérisoire. Ismaïl vint s'assoir à côté d'Aurel et lui mit la main sur l'épaule. Il ne tremblait plus.

— Si tu veux mon avis, ils n'ont pas essayé *vraiment* de te tuer. S'ils l'avaient voulu, c'était facile. D'après le bruit qu'on a entendu, ils n'ont pas dû tirer de très loin.

— Alors, pourquoi ?

— C'est un avertissement. Pour nous faire déguerpir.

— Maintenant ? s'écria Aurel.

Au même instant, la batterie chargée à bloc des nuages lâchait sa première salve. Les gouttes crépitaient au sol et le toit vibrait sous leurs coups. Ismaïl retourna à la fenêtre. Le voile de pluie était si dense que la rue avait disparu.

— Non, dit-il. Il est trop tard pour partir.

Un premier éclair illumina la pièce, suivi presque immédiatement par le roulement du tonnerre. Ismaïl resta debout, fasciné par la violence de l'orage et guettant les images irréelles que les éclairs faisaient apparaître de façon fugace.

— La femme, en bas, demanda Aurel, tu crois… ?

— Il n'y a rien à craindre d'elle. Nous sommes ses hôtes. C'est sacré. Peu importe ce qu'elle pense.

— Alors, qu'est-ce qu'on fait ?

Il y avait bien longtemps qu'Aurel ne s'était pas senti si accablé. Il ne le devait pas seulement aux événements mais au malaise qu'il avait ressenti pendant tous ces jours, dans ce pays qui faisait renaître à tout instant les fantômes de son passé.

— Rien, dit Ismaïl, assis maintenant sur son lit, les épaules basses. On attend.

L'orage ne faiblit pas de toute la nuit. Ils s'habituèrent au tonnerre et finirent par s'assoupir. Aussi n'entendirent-ils pas tout de suite les coups frappés à la porte.

C'étaient de petits coups, faibles mais répétés, insistants. Ismaïl, en chaussettes, glissa silencieusement jusqu'à la porte et essaya de regarder par la serrure. La personne qui frappait perçut sa présence et chuchota un nom.

— Alma, dit la voix en français. Laissez-moi entrer. Je suis celle que vous cherchez.

Aurel fit signe à Ismaïl d'ouvrir. Celui-ci retira les meubles qu'il avait calés contre la porte et l'entrebâilla doucement. La personne qui était derrière la poussa et se faufila dans la pièce.

L'orage s'était un peu calmé et une lune presque pleine éclairait faiblement le dortoir d'une lumière bleutée. Une jeune femme se tenait debout en silence et ils essayèrent de distinguer ses traits. Elle avait un visage étroit, un grand front que découvraient ses longs cheveux tirés vers l'arrière et rassemblés en une queue-de-cheval. Les ombres dessinaient le relief d'un nez court, la ligne élégante de grands yeux en amande et une bouche aux lèvres charnues qui formait bizarrement un grand sourire.

— Je vous ai fait peur ?

— Un peu, dit Ismaïl, en souriant à son tour.

La jeune femme avança d'un pas décidé, saisit une chaise et s'assit. Elle paraissait un peu essoufflée. Elle portait une robe noire assez longue, trempée par la pluie.

— Vous n'avez rien à craindre tant que vous êtes ici. Cette maison bénéficie d'une *besa*, comme nous disons ici. Une protection, si vous préférez.

Puis elle éclata de rire.

— Il y a toute une géographie de la mort sur ce plateau. Certains lieux sont protégés. C'est le cas de cette maison depuis toujours. Mais ne vous avisez pas d'en sortir.

— Nous avons vu, dit Aurel. Quelqu'un m'a tiré dessus tout à l'heure.

— J'ai entendu. Et j'ai été étonnée que ça n'arrive pas plus tôt.

— Vous étiez avertie de notre présence ?

— Lucia m'a appelée pour me prévenir ce matin.

— Lucia ?

— La secrétaire de mairie. Vous avez donné mon nom et vous avez parlé d'ambassade. J'ai tout de suite compris.

Sa robe mouillée la faisait frissonner. Elle serra ses bras autour de sa poitrine et se frictionna les épaules. Ismaïl lui apporta sa veste en jean et elle s'en couvrit.

— Merci.

— Où étiez-vous ? demanda Aurel. Nous sommes allés à votre adresse et nous vous avons cherchée partout.

— Chez mes cousins, de l'autre côté de la rivière. Leur maison est la dernière sur la rue qui monte vers la colline. Vous êtes passés devant.

— Vous nous avez vus ?

— Bien sûr.

— Alors, pourquoi ne nous avez-vous pas appelés ?

Alma eut un sourire énigmatique et les regarda avec un peu de pitié.

— Disons que je ne suis pas libre de mes mouvements.

— Prisonnière ?

— En quelque sorte.

— Pourquoi ?

— Je sais sans doute des choses que je devrais ignorer. Comment vous expliquer ? Vous ne connaissez pas nos coutumes.

— Si vous voulez parler du Kanun, répliqua Aurel avec un petit air finaud, nous sommes au courant.

— Le Kanun…, répéta-t-elle, en secouant la tête. Il ne suffit pas de le lire. C'est tout un esprit, un peu comme une grande cage où nous sommes tous enfermés.

Mais elle ne semblait pas d'humeur à tenir de longs discours sur ce sujet. Elle revint à sa situation présente.

— En tout cas, il faut que vous sachiez qu'en apprenant votre arrivée, mon oncle et mes cousins n'ont pas douté que vous représentiez une menace.

— De quoi ont-ils peur ?

— Je vous le dirai mais c'est une longue histoire. C'est pour vous la raconter que je suis venue. J'ai dû attendre le moment où il n'y avait personne dans la maison pour venir vous trouver. J'ai pris tous les risques. Mais commençons par entendre ce que vous avez à me dire. Je vous écoute.

Il se dégageait de cette jeune femme une fermeté, Aurel pensait un courage, qui ôtait tout désir de lui résister.

— Voilà, commença-t-il en réfléchissant à la manière de ne pas lui assener trop brutalement la nouvelle, nous sommes venus vous annoncer que votre père était vivant.

— Et qu'il est mort, répliqua-t-elle.

Aurel se troubla et perdit contenance.

— Comment le savez-vous ?

— Parce que c'est moi qui l'ai tué.

XVI

— J'avais cinq ans quand mon père a disparu. J'étais sa fille chérie et je l'adorais. À cinq ans, on se souvient de tout.

Alma était à peine visible dans l'obscurité de la pièce. Les nuages, au-dehors, avaient de nouveau envahi le ciel et la lune avait disparu. Ismaïl étendit le bras et alluma une petite lampe de chevet pour mieux voir les expressions de celle qui parlait.

— C'est le père Zadeja, un franciscain de Shkodër, qui est venu nous voir pour nous annoncer sa mort.

— Nous le connaissons, dit Aurel. Il nous a raconté.

— Alors, vous savez aussi qu'il nous a aidés pendant toutes ces années. Ce qu'il n'a pas pu vous dire, parce que je l'ai toujours caché, c'est à quel point la mort de mon père m'avait brisée. Il était tout pour moi. Je n'arrivais pas à accepter sa disparition. J'ai épinglé des photos de lui, de nous deux, sur les murs de ma chambre et je pleurais pendant des nuits entières en les regardant.

Aurel était très mal armé devant des émotions de cette force, surtout quand elles évoquaient des deuils ou des séparations. Il craignait de ne pas pouvoir s'empêcher de fondre en sanglots.

— Où viviez-vous à ce moment-là ? demanda-t-il pour recadrer la conversation sur des détails concrets, moins chargés d'affect.

— Avec mon père, nous vivions à Shkodër mais, peu avant sa disparition, il nous avait installés ici, un peu plus haut sur cette rue, dans sa maison de famille. C'était sans doute pour nous protéger.

— Et vous y êtes restée ?

— Avec ma mère, oui. Elle n'a jamais voulu se remarier, bien qu'une veuve en ait le droit. Nous étions ruinés et nous n'avions pour vivre que les secours que nous apportait l'Église. Le père de ma mère est venu vivre près de nous. Il avait tout perdu en confiant ses biens jusqu'au dernier centime à la société financière de mon père.

Elle ne parlait pas de pyramide. Il semblait qu'elle répugnait à envisager la malhonnêteté de ces sociétés financières et par conséquent la responsabilité de son père.

— Mes oncles, les frères de ma mère, étaient ruinés eux aussi. C'était même encore pire puisqu'ils s'étaient endettés pour faire davantage de placements chez Mrekulli. Ils ont quitté le Kosovo et sont allés tenter leur chance en Suisse.

— Vous avez suivi des études ?

— À l'école du village puis à Bajram Curri. Mais je rentrais toujours ici le soir pour m'occuper de ma mère. Sa santé était mauvaise. Elle était percluse de rhumatismes. Je faisais ses courses, la cuisine, tout.

— Vous ne l'avez jamais quittée ?

Il était surprenant qu'une jeune femme à l'allure aussi moderne et qui s'exprimait si bien ait passé toute sa vie au milieu des gens frustes de ce village de montagne.

— Non. Mais quand j'ai eu dix-huit ans, un de mes oncles est rentré de Suisse. Son frère avait été assassiné dans un règlement de comptes mais lui avait fait fortune. Ses affaires n'étaient sans doute pas très propres. Il ne nous en a jamais parlé. Il faisait des allers-retours en Suisse et il rapportait beaucoup d'argent.

— Il vivait de nouveau à Tropojë ?

— Non mais il y a construit une maison, celle dont je me suis échappée pour vous rejoindre, et il y a installé mon grand-père. Il lui rendait visite de temps en temps et payait tout pour son vieux père, pour ma mère et pour moi. Il m'a même offert une voiture. Grâce à ça, j'ai pu faire des études supérieures à Shkodër et même un an de doctorat, à Tirana.

— Dans quel domaine ?

— L'archéologie. J'ai toujours aimé l'histoire, particulièrement l'Antiquité.

Elle jouait avec ses doigts en parlant, par habitude mais aussi sans doute parce qu'elle était traversée de plus d'émotions que son ton calme ne le laissait paraître.

— Je rentrais ici chaque week-end. Je me suis occupée de ma mère jusqu'au bout. La dernière année, j'ai rédigé ma thèse ici.

— Rappelez-nous quand elle est décédée ?

— Il y a quatre ans, pendant la pandémie. Je ne devrais pas le dire ainsi mais sa mort m'a libérée. J'aimais ma mère mais cet amour était sans commune mesure avec celui que je portais à mon père.

— Donc, il y a quatre ans, vous avez quitté le village ?

— Je n'avais plus l'obligation d'y rester. Mon grand-père habitait dans la nouvelle maison de mon oncle. Deux domestiques s'occupaient de lui.

— Il est toujours vivant ?

— Oui. Il a quatre-vingt-trois ans et il se porte à merveille.

Elle hésita puis ajouta avec une expression mauvaise :

— De toute façon, nous n'avions jamais été très proches. Il en voulait toujours à mon père de l'avoir ruiné, et je pense qu'il m'associait à lui.

Elle enchaîna sans s'étendre sur ce sujet.

— J'ai trouvé un emploi sur le site de Butrint, dans le Sud. Je faisais des recherches et je donnais une partie de mon temps comme guide touristique.

Il y eut un silence qu'Aurel se garda d'interrompre. On en venait au moment essentiel de l'histoire.

— J'étais là-bas quand j'ai reçu la lettre de mon père.

— Une lettre ! Comment vous avait-il trouvée ?

— Il était toujours en contact, secrètement, avec dom Zadeja et, avant de partir dans le Sud, j'étais allée lui annoncer que je quittais Tropojë pour aller vivre à Sarandë. C'est la grande ville à côté de Butrint.

— Une ville touristique, intervint Ismaïl à l'intention d'Aurel. On appelle ce coin la riviera albanaise. Des grands hôtels, des night-clubs...

— Votre oncle était d'accord ?

— Je ne dépendais plus de lui. Je gagnais ma vie. Et, à Sarandë, il pouvait garder un œil sur moi. Avec l'argent qu'il gagnait en Suisse, il avait investi dans la riviera. Il y possède deux hôtels et une maison.

— Donc, la lettre ? insista Aurel qui avait compris que là était l'essentiel. Que disait-elle ?

— Ce que vous êtes venus m'apprendre, dit Alma avec un sourire. Mon père m'expliquait pourquoi il avait disparu. Qu'il n'avait jamais cessé de penser à moi et qu'il souhaitait me retrouver.

— Il parlait de la famille qu'il avait fondée en France ?

— Il ne me cachait rien. Son remariage. La mort de sa femme. Sa fille sur qui il avait reporté son amour mais sans pour autant m'oublier. L'accident de car qui lui avait coûté la vie…

— J'imagine que ça a été un choc, dit Aurel que cette histoire bouleversait.

Mais Alma restait calme et presque froide.

— Cela pourra vous paraître bizarre mais je n'ai pas été surprise. Au fond de moi, je n'avais jamais cru qu'il était mort. Je n'imaginais pas les choses en détail. Mais il restait si vivant pour moi qu'il me semblait impossible qu'il ne se trouve pas quelque part. Je savais qu'il me contacterait un jour.

— Tout de même, intervint Ismaïl qui gardait la tête plus froide, il aurait pu le faire avant. Vous ne lui en avez pas voulu d'avoir attendu si longtemps ?

— Non. Avant, je vivais à Tropojë avec la famille de ma mère. C'était trop dangereux. Et puis, il y avait sa nouvelle femme qui ne souhaitait sans doute pas qu'il prenne ce risque. Et sa fille, à qui il n'avait peut-être jamais parlé de moi. Quand il m'a écrit, elles avaient disparu toutes les deux. Il était libre. Et moi aussi.

— Comment vous a-t-il fait parvenir la lettre ? demanda Aurel, toujours désireux de revenir sur un terrain moins émouvant.

— Par dom Zadeja.

Aurel et Ismaïl se regardèrent.

— Il ne nous a rien dit ! Il a seulement affirmé qu'il n'avait plus de nouvelles de vous.

— Il en a eu jusqu'à Butrint. Après, en effet, depuis que je suis revenue ici, mes oncles m'ont empêchée d'avoir le moindre contact avec lui.

— Mais il n'a pas parlé de la lettre.

— Il ne voulait sans doute pas m'impliquer dans ce qui s'est passé par la suite. De toute façon, dans ce pays, mieux vaut en dire le moins possible.

— Il y a eu d'autres lettres ?

— Oui. J'ai répondu à la première et nous avons échangé deux autres messages.

— Directement ?

— Non, toujours par le couvent des franciscains. Mon père ne pouvait pas donner son adresse dans des lettres qui risquaient de tomber en de mauvaises mains.

— Vous auriez pu communiquer par WhatsApp ou Telegram, suggéra Ismaïl qui avait la passion des nouvelles technologies.

— Nous n'en avons pas eu le temps. J'étais tellement désireuse de le revoir que, dans ma dernière lettre, je lui annonçais que j'avais demandé un passeport et que je comptais venir le rejoindre tout de suite en France.

— Mais vous n'aviez pas son adresse !

— Je lui ai dit que je lui écrirais une dernière fois, juste avant de partir, et que je lui proposerais un rendez-vous. Il lui suffirait de venir me rejoindre.

— Il vous a répondu ?

Elle fit une sorte de grimace et son visage exprima à la fois le mépris et la déception.

— Il a pris peur. Il m'a recommandé de ne pas précipiter les choses. Il fallait prendre des précautions. Mon oncle risquait de me faire suivre et, s'il nous découvrait, il nous tuerait tous les deux. Je n'ai pas voulu l'écouter.

Elle laissa un blanc puis ajouta :

— J'ai eu tort.

Pour la première fois, ils virent des larmes perler sur ses yeux. Elle les essuya avec rage, du revers de la main.

— Je comprenais sa prudence mais mon désir de le revoir était trop fort.

— Qu'avez-vous fait ?

Elle ne comptait pas répondre à la question sans avoir donné auparavant quelques explications. Comment, sinon, ces étrangers pourraient-ils comprendre la décision qu'elle avait prise ?

— Il fallait d'abord en finir avec cette menace de vengeance qui pesait sur lui. Il s'était passé vingt-sept ans. La famille de ma mère avait retrouvé la prospérité. Ces pratiques de vendetta sont d'un autre âge. J'avais vécu à Tirana. Je voyais à quel point ces traditions étaient archaïques. En même temps, je savais que mon oncle, et surtout mon grand-père, n'en étaient pas sortis. Pire, chez les mafieux, car il faut bien mettre un nom sur ce qu'est devenu mon oncle, ces traditions ont gardé toute leur force. L'honneur. La parole donnée. La dette de sang… Ils ne connaissent que cela.

Son visage, tout à coup, exprimait une telle haine qu'on mesurait à quel point elle était marquée par ce monde. Elle avait beau se révolter contre lui, elle en faisait partie.

— Alors, je me suis dit qu'il était inutile de vouloir leur faire renoncer à ces traditions. Et j'ai compris que c'était au contraire en elles que se trouvait la solution.

— Que voulez-vous dire ? Parlez plus clairement.

Elle recula la chaise et se pencha vers l'avant, comme pour se préparer à un combat.

— Vous avez parlé du Kanun, dit-elle en regardant Aurel. Je suppose que vous avez eu ce code entre les mains.

— En effet.

— Eh bien j'ai pensé que, s'il était la source du problème, s'il justifiait ces vengeances atroces, il devait nécessairement contenir *aussi* la solution.

— Quelle solution ?

— Le moyen de s'y soustraire. D'y mettre fin. Je l'ai lu et relu, pendant des nuits entières. Et j'ai pris ma décision.

Chose curieuse, pendant qu'elle parlait ainsi, tendue, le visage dur, ses larmes s'étaient remises à couler et elle ne cherchait plus à les faire disparaître.

— Les articles 134 à 138 du Kanun prévoient la *pacification* du sang. Elle peut se faire par un jugement des anciens à la demande d'un médiateur. Le texte est assez obscur pour que son interprétation puisse être assez large. J'ai décidé de me présenter devant ma famille en assumant ce rôle de médiatrice. Je demanderais le rachat du sang. S'il obtenait ce pardon, mon père retrouverait la paix. Je pourrais aller le voir et demeurer auprès de lui sans lui faire courir le risque d'y laisser la vie.

Aurel la regardait, fasciné. Personne ne pouvait mieux illustrer les strates dont parlait Grobert, ces couches de culture et d'histoire qui s'empilent dans l'esprit de ce peuple et le font vivre au temps présent comme dans les traditions des époques les plus lointaines. Ainsi, cette jeune femme, diplômée de l'université, moderne dans ses manières et dans ses mœurs, était allée solliciter le rachat du sang de son père, en référence à un texte qui plonge ses racines jusqu'à Alexandre le Grand et peut-être même la préhistoire…

— Mon grand-père m'avait toujours témoigné son affection. Mon oncle et ses fils, mes cousins, veillaient sur moi, me soutenaient et me protégeaient. Je ne doutais pas qu'ils satisferaient ma requête.

— Vous êtes revenue ici ?

— Oui, dit-elle, la lèvre tremblante. Je leur ai montré la lettre de mon père. Et j'ai proposé solennellement pour lui, pour moi, pour nous tous, la pacification du sang.

Ses larmes ne cessaient de couler tandis qu'elle parlait. Mais son visage était figé dans une expression d'étonnement et d'horreur, comme celui de quelqu'un qui voit, impuissant, se dérouler sous ses yeux une catastrophe.

— Ils m'ont écoutée avec calme. Puis ils se sont réunis en conseil. Tous les hommes, autour de mon grand-père. J'ai attendu la journée, en marchant de haut en bas dans le village. J'avais confiance. Mon grand-père avait la voix prépondérante en tant que doyen. Il avait toujours été bon avec moi. Il m'avait conseillée, protégée, consolée. J'espérais de toute mon âme qu'il serait une fois de plus de mon côté.

— Ensuite ?

— Ils m'ont fait revenir. Ils étaient assis devant moi en demi-cercle. Mon oncle m'a annoncé qu'ils refusaient le rachat du sang. C'est lui qui l'a déclaré mais j'ai su que l'opposition catégorique était venue de mon grand-père. Ce vieillard si doux !

Elle se leva et saisit une serviette, près du lavabo au fond du dortoir. Elle s'essuya les yeux et revint s'assoir, le visage dur.

— La suite est simple et vous pouvez l'imaginer.

— Non, fit Aurel, moins parce qu'il ne pouvait pas le faire que parce qu'il ne voulait pas l'entendre.

— Ils m'ont demandé d'écrire à mon père pour lui dire que j'étais arrivée en France et lui fixer un rendez-vous.

J'ai refusé. Ils m'ont battue. Ils ont rédigé la lettre eux-mêmes et m'ont demandé de la signer. J'ai refusé. Ils ont encore essayé de m'intimider. Ils m'ont enfermée dans la maison sans possibilité de contact extérieur.

— Vous avez cédé ?

— Non. Mais ils ont fini par se dire qu'ils n'avaient pas besoin de moi tant qu'ils me gardaient prisonnière. Ils ont dû imiter ma signature. Je n'ai plus entendu parler de rien. Un jour, un de mes cousins est venu m'annoncer que le sang avait été repris. Il m'a laissé copie d'un journal qui parlait de l'assassinat à Chamonix.

— Vous pensez que le meurtrier était quelqu'un de votre famille ? intervint Ismaïl.

— Non. Le Kanun prévoit la vengeance par procuration. Ils ont dû proposer un contrat à un tueur.

— Et se débarrasser de lui ensuite, soupira Aurel.

— C'est probable.

— C'est sûr. En Italie, à la frontière suisse.

— Cela ne m'étonne pas. Leur peur, maintenant, c'est que quelqu'un les mette en cause. Ils me retiennent ici pour que je ne parle pas. Je suis sûre qu'à cette heure-ci, ils me cherchent partout dans le village.

Machinalement, tous tournèrent leur regard vers la fenêtre. Un jour livide commençait à poindre.

— Quand ils me trouveront, ils me tueront. Et vous aussi.

XVII

Le jour était complètement levé et, après les orages de la nuit, le vent avait ramené un grand ciel bleu. Il est toujours plus difficile d'imaginer qu'on va mourir quand il fait beau.

Aurel et Ismaïl, d'abord étourdis par les révélations d'Alma, se sentaient plus combatifs.

La jeune femme était descendue parler à la logeuse pour avoir du café et quelque chose à manger. Elle remonta avec un plateau et ils s'installèrent tous autour de la petite table pour manger en silence.

La collation fit revenir le groupe à des questions pratiques.

— Vous n'avez pas de téléphone portable, n'est-ce pas ?

— Pour me retenir ici, ils m'ont retiré le mobile et l'ordinateur. Je n'ai pas non plus de voiture ; vous allez probablement me le demander. Et tous les gens du village craignent mon oncle. Ils ont ordre de ne parler à personne et surtout pas de moi.

Aurel grommela.

— Grobert avait raison. Nous nous sommes jetés dans la gueule du loup. Comment allons-nous sortir de là ?

Soudain, Ismaïl eut une idée et il interpella Alma.

— La dame de la pension…
— Maria ?
— Oui, elle ne nous a pas donné son nom…
— Eh bien ?
— Il me semble qu'elle a un téléphone mobile. Je l'ai vu, posé sur son buffet.
— C'est probable. Et alors ?
— J'imagine qu'il fonctionne sur le bon réseau. Le nôtre ne capte pas ici. On pourrait peut-être le lui emprunter…
— Elle n'acceptera jamais.
— Si vous redescendez lui rendre son plateau, il serait facile de le rapporter ici.

Alma jeta à Ismaïl un regard sévère.

— Ce serait une grave erreur. Si elle s'en apercevait, il n'y aurait plus rien à espérer. Je vous l'ai dit : vous êtes ses hôtes et dans notre tradition elle est obligée de vous protéger. Mais si vous l'offensez, elle ne sera plus tenue à rien. Et ce sera la première à nous livrer à qui veut nous assassiner.

Les deux hommes accueillirent ces mots avec accablement. Ismaïl se leva et fit les cent pas dans la pièce. À un moment, il s'approcha de la fenêtre, tout en restant en retrait, et regarda dehors.

— Il y a plusieurs hommes dans la rue.
— Je vous l'ai dit, lança Alma, vous ne craignez rien ici. Vous pouvez vous montrer et même ouvrir la fenêtre. Ce serait intéressant d'entendre ce qu'ils disent.

Ismaïl, du bout du bras, actionna l'espagnolette et ouvrit en grand. De la rue montaient des voix d'hommes. Ils formaient un petit attroupement devant la pension. Alma dressait l'oreille.

— Je reconnais la voix de mes cousins. Difficile de comprendre ce qu'ils disent.

Un peu plus tard, ils entendirent monter une voiture. Elle se gara à quelques mètres de la maison. Ismaïl se pencha pour mieux voir.

— Un gros pick-up Toyota.

— Rouge ?

— Oui.

— C'est mon oncle.

Il y eut des bruits de portière, des voix entremêlées et des cliquetis métalliques.

— Des armes ? sursauta Aurel.

— C'est possible. Mais je vous le répète, ils ne tireront pas.

La certitude d'Alma ne convainquait pas tout à fait Aurel. Mais ils n'avaient guère d'autre choix que d'attendre. L'attente se prolongea, silencieuse, pour ne rien perdre de ce qui se passait dans la rue.

Une heure s'était écoulée ainsi quand une voix forte les interpella en français.

— Holà ! Montrez-vous. Nous avons à vous parler.

— Mon oncle !

— Il parle français ?

— Vous savez qu'il vit en Suisse.

— Vous n'avez rien à craindre, reprit l'homme dans la rue. Nous n'allons vous faire aucun mal.

— Alma, puisque vous nous affirmez que nous ne craignons rien ici, s'écria Aurel en se levant, autant lui parler et voir ce qu'il veut.

Il marcha jusqu'à la fenêtre et s'appuya sur son rebord.

— Que voulez-vous ? Nous vous écoutons.

Aurel découvrit un spectacle glaçant. La rue était pleine d'hommes qui brandissaient des fusils, des pistolets, des couteaux. Jamais il n'aurait imaginé que le village désert pût dissimuler autant de monde. D'où sortaient-ils ? Au premier rang, juste en dessous de la fenêtre, se tenait un personnage de haute taille. Son crâne rasé était semé de taches brunes. Il était vêtu d'un pantalon de drap retourné aux chevilles et d'un maillot de corps noir. Une grosse chaîne en argent pendait à son cou. Des tatouages couvraient ses bras.

— Bonjour monsieur, clama l'homme d'une voix puissante, avec une obséquiosité ironique.

Celle que les voyous utilisent en prison pour parler à leurs gardiens, pensa Aurel.

— Qui êtes-vous ? répondit-il, en se lamentant intérieurement sur cette voix trop fluette qui ne lui avait jamais permis d'être pris au sérieux dans les groupes.

D'ailleurs, l'homme ne tint aucun compte de la question et reprit son discours.

— Faites sortir la femme qui est avec vous. Dès qu'elle sera avec nous, vous pourrez prendre votre voiture et partir. Il ne vous sera fait aucun mal.

— Et que ferez-vous d'elle ?

— C'est notre affaire.

Aurel cherchait une réponse digne, une fin de non-recevoir, bien sûr, avec des mots qui se rapporteraient à l'honneur, puisque cela paraissait si important dans ce pays. Mais il n'eut pas le temps de la formuler. Alma bondit et se pencha à côté de lui à la fenêtre. Avec une voix bien différente de celle qu'il lui connaissait quand elle parlait français, elle se mit à déverser sur son oncle et sur tous les hommes autour de lui un torrent de mots albanais. Ce qu'elle disait était incompréhensible pour Aurel mais il était facile de deviner que ses phrases étaient semées de jurons et de malédictions. Elle termina en crachant dans l'air et le jet de salive s'écrasa devant son oncle.

Aussitôt, Alma rentra et s'effondra sur un des lits, secouée de tremblements.

Après un moment de sidération, les hommes assemblés dans la rue se reculèrent et entrèrent en discussion.

Une longue attente commençait de part et d'autre.

À l'extérieur, le dispositif s'allégea et fut organisé pour durer. Deux piquets de sentinelles prirent position au-dessus et en dessous de la maison. Un autre groupe partit vers l'arrière, vraisemblablement pour surveiller la cour. L'oncle remonta dans son pick-up et regagna sa maison sur l'autre rive.

À l'intérieur, les trois se replièrent sur leurs pensées sans dire un mot.

Aurel avait la sensation qu'ils se trouvaient reclus comme pouvaient l'être jadis les malheureux qui se réfugiaient dans leur *kulla*. L'image de la sinistre tour qu'ils avaient aperçue en visitant le village ne quittait pas son esprit.

— Que leur avez-vous dit tout à l'heure ?

Alma haussa les épaules.

— Rien qui puisse arranger la situation.

— Mais encore ?

— Que je suis la seule qui soit à même de les faire condamner pour l'assassinat de mon père et que je m'étais juré d'y parvenir.

— Ils le savent. C'est bien pour cela qu'ils vous retenaient ici, coupée du monde. Est-ce que, sérieusement, ils pouvaient croire qu'ils arriveraient à vous faire taire ?

— Mon oncle est un homme brutal. Il n'y avait que deux solutions pour lui : m'enfermer ou me tuer. S'il a compris que la première méthode n'est pas la bonne, il n'hésitera pas à employer la seconde.

Aurel réfléchissait. Il avait vaguement l'impression d'avoir laissé de côté une des pièces du puzzle. Soudain, il se souvint. Il avait fallu qu'il soit bien perturbé par tous ces événements car, dans la perspective de l'héritage Lumière, c'était un point essentiel.

— Vous parlez comme si vous étiez la seule personne de la lignée de votre père. Mais il me semble qu'il avait un frère. Vous avez un autre oncle du côté paternel ou je me trompe ? Est-ce qu'il pourrait venir à votre secours ?

Alma soupira, avec un sourire narquois. Il semblait que ce personnage suscitait en elle plus de pitié que de respect et qu'elle le tenait pour comique.

— Ha ! Mon oncle Artur…

— Il est pope, n'est-ce pas ?

— Oui. C'est un être très doux mais, à vrai dire, un peu simple. Mon père était malin, entrepreneur dans l'âme, audacieux. Artur, lui, qui avait deux ans de moins, était un enfant chétif et peureux. Il avait été très malade dans sa petite enfance et cela avait sûrement affecté son esprit.

Elle en parlait avec une tendresse un peu mélancolique, comme si évoquer cet homme, c'était faire revenir des souvenirs de son père.

— Un vieux pope est revenu ici après la dictature communiste. Artur était un adolescent oisif dont tout le monde se moquait. Il l'a pris sous son aile et en a fait son vicaire. Il n'y a pas beaucoup de volontaires pour venir dans ces montagnes. Quand le vieux pope est mort, Artur a été nommé à sa place.

— Ici ?

— Oui. Il tenait à rester près de nous. Pourtant, nous le voyions peu. Il est assez… bizarre. Il lui arrive de partir faire de longues retraites seul dans la montagne, même en plein hiver. Il vit de rien. L'argent lui fait horreur.

— Comment s'entend-il avec votre grand-père et votre oncle ?

— Il respecte mon grand-père parce que c'est un homme simple et pieux. Mais il n'est pas loin de tenir mon oncle avec ses affaires louches pour une incarnation de Satan.

— Vous l'avez prévenu que votre père était vivant ?

La jeune femme hésita. Elle triturait l'ourlet de sa robe.

— Je n'aurais sans doute pas dû. Mais il faut comprendre : cette nouvelle était si merveilleuse pour moi. J'aurais voulu la crier au monde. Je ne devais en parler à personne tant que je n'aurais pas obtenu le rachat du sang et pourtant, je l'ai fait.

Une mimique de colère passa sur son visage.

— Quand je suis arrivée ici, avant de parler à mon grand-père, je suis tombée par hasard sur Artur. Par hasard, non, si je suis sincère : je suis allée le voir dans son église.

— Vous n'êtes pas orthodoxe ?

— Non, mais le communisme a écrasé tout cela. Comme beaucoup d'Albanais, je ne suis rien. Ou tout. Quoi qu'il en soit, cela me faisait du bien d'entrer dans une église et de prier pour la réussite de mon projet. Je n'ai pas été vraiment entendue, vous voyez.

Elle regardait dans le vague, comme si elle revivait cette visite spirituelle sur laquelle elle avait fondé tant d'espoirs.

— Donc vous avez rencontré votre oncle Artur…

— Il était là ce jour-là, en effet. Nous nous sommes parlé. C'était en haut, sur la tribune au fond de l'église. Je voyais les icônes qui brillaient et j'étais tellement exaltée que j'avais l'impression que la Vierge me faisait des signes. Alors, je lui ai tout raconté, la lettre, ma démarche, mon intention de partir.

— Comment a-t-il réagi ?

— Il était bouleversé. Le mot est faible. Foudroyé plutôt. J'ai tout de suite regretté de lui avoir parlé parce que j'ai eu l'impression que cette nouvelle le faisait sortir de lui. Il était ahuri. Quand je l'ai quitté, il est resté prostré sur son banc, comme s'il venait de recevoir une poutre sur la tête. Il n'était sans doute pas assez solide pour encaisser une telle nouvelle.

— Vous savez qu'il a quitté les ordres et qu'il a disparu ?

— J'ai été informée de cela et je m'en suis terriblement voulu.

— Vous pensez qu'il a pu apprendre l'assassinat de votre père ?

— Difficile à dire. Il était si imprévisible. On avait l'impression qu'il vivait hors du monde, pourtant, quand on lui parlait, on constatait qu'il connaissait les détails les plus anodins de l'actualité, les scores de foot, par exemple. Il est bien possible qu'il l'ait su.

Vers une heure de l'après-midi, Alma redescendit chez la logeuse pour savoir s'ils pourraient déjeuner. Elle remonta en faisant grise mine.

— Elle prétend qu'elle n'a plus rien à manger.

— Comment est-ce possible ! s'indigna Ismaïl. Je suis sûr qu'elle a tout ce qu'il faut.

— Je ne suis pas surprise. Ils vont utiliser tous les moyens pour nous faire sortir d'ici. Ils ont dû mettre la pression sur elle.

Aurel qui, à vrai dire, avait plus soif que faim, se mit en colère.

— Je croyais que les hôtes étaient sacrés dans ces montagnes. Comment peut-elle refuser de nous nourrir ?

— Elle ne tient pas un restaurant mais une guest-house. Elle s'est engagée à vous loger et elle le fait. Mais rien ne la contraint à vous servir des repas.

— Ismaïl, est-ce que tu peux aller voir dans la voiture s'il reste quelque chose dans la glacière que nous avait fait préparer Gaëtan ?

Puis, se tournant vers Alma :

— J'espère que la cour est aussi un endroit protégé.

— Oui, la *besa* concerne tous les bâtiments, y compris la cour.

— Comment pouvez-vous en être sûre ?

— Ce sont des choses que l'on sait, quand on vit ici. Il y a des *besas* pour des maisons mais aussi pour des routes, sur certaines portions. De même, selon le Kanun, il ne peut y avoir de crime autour des cascades ou des moulins.

— Tiens, pourquoi donc ?

— Parce que celui que l'on tue doit pouvoir entendre les paroles que lui adresse son meurtrier. Le bruit des cascades ou des moulins risquerait de couvrir sa voix.

Aurel leva les yeux au ciel. Cette civilisation de l'assassinat l'avait d'abord fasciné. Maintenant qu'il y était piégé, il lui trouvait moins de charme.

— Bon, lança Ismaïl. J'y vais.

Il remonta deux minutes plus tard, l'air effaré.

— La voiture n'est plus là.

— Tu as bien regardé ? Elle n'a pas été déplacée ?

— La cour est vide.

— Comment est-ce possible ? s'indigna Aurel, en se retournant vers la jeune femme. Je croyais que la cour était protégée.

— Du meurtre, oui. D'ailleurs personne n'a tiré sur Ismaïl. Le vol, c'est autre chose. En réalité, je ne crois pas qu'ils l'aient volée. Ils ont dû la tirer un peu plus loin pour vous empêcher de vous enfuir. Il suffit qu'elle soit à cinquante mètres pour que vous ne puissiez pas y monter sans vous faire abattre.

Elle alla jusqu'à la fenêtre et se pencha au-dehors.

— C'est bien cela. On l'aperçoit en contrebas, un peu au-dessus du pont.

— Heureusement qu'ils ne l'ont pas emmenée plus loin, fit Ismaïl.

— Près ou loin, qu'est-ce que cela change ? On ne peut plus l'utiliser.

— Si, c'est important. À cause du tracker.

— Le tracker ?

— Gaëtan est un maniaque de l'informatique. Il a des caméras dans toutes les pièces de la maison. Tout arrive sur sa tablette. Chacune de ses voitures est équipée d'un mouchard. Il sait au mètre près où nous nous trouvons.

❧

Privés de nourriture, sans voiture, encerclés par des hommes en armes, ils n'allaient pas pouvoir tenir bien longtemps.

Le fait que Gaëtan, là-bas près de sa piscine, les observait, comme un petit point clignotant sur une carte, était la seule idée qui leur apportait un peu de réconfort.

Ils se préparèrent pour leur deuxième nuit de *kulla*. Ismaïl, galant, laissa son lit à Alma et dormit sur le tapis.

XVIII

La matinée du troisième jour se passa sans fait notable. Une certaine résignation avait gagné les deux hommes mais Alma semblait sereine. Elle était plus habituée qu'eux au silence cristallin de ces montagnes, à l'air vif, à la lumière qui donnait au paysage un aspect aigu, presque coupant. Surtout, la présence de ces hommes brutaux ne lui faisait pas peur car elle connaissait leur faiblesse et savait que, par leur soumission à la loi impitoyable du Kanun, ils n'étaient que des esclaves. La vie, sur ces terres, avait été rythmée pendant des siècles par le va-et-vient du balancier sanglant qui pouvait à tout moment transformer le bourreau en victime. Elle n'avait d'autre espoir que d'attendre un retournement de ce genre. C'était un espoir minuscule mais suffisant pour rester en vie et même en paix.

Vers midi, tandis que le soleil, à son zénith dans le ciel d'un bleu pastel, écrasait les reliefs, la jeune femme s'était installée sur une chaise, un peu en retrait de la fenêtre grande ouverte. Soudain, elle fit un signe aux deux autres.

— Écoutez…

Un léger bourdonnement se faisait entendre au loin. Il était presque imperceptible mais semblait s'approcher. Par instants, il restait immobile puis il se déplaçait à nouveau.

Aurel et Ismaïl vinrent la rejoindre pour scruter le ciel. En bas, dans la rue, les hommes en faction s'agitaient. Ils se tenaient debout et, la tête redressée, semblaient chercher des yeux l'invisible insecte.

Ismaïl l'aperçut le premier et poussa un cri étouffé.

— Un drone !

En suivant le doigt qu'il pointait vers l'objet, ils distinguèrent en effet la masse d'un appareil volant. Il était maintenant stationnaire, juste en face de la pension, à cent mètres d'elle environ.

— Il faut lui faire signe, s'écria Ismaïl. Il nous cherche.

Aurel jugeait cette conclusion aussi hâtive qu'optimiste et inclinait à la prudence. Mais Ismaïl s'était mis debout, le ventre appuyé sur le rebord de la fenêtre, et agitait les bras au-dehors. Il n'était plus temps de tergiverser. Aurel se plaça à côté de lui et fit de grands signes. Sa guayabera d'un blanc éclatant devait faire une tache bien visible sur la façade. Alma se faufila entre eux et, les mains en porte-voix, se mit à crier en direction de l'engin volant.

Il y eut un moment de stupeur parmi les hommes qui les encerclaient puis tout se passa très vite.

Le drone s'approcha lentement et s'immobilisa dans l'air à une dizaine de mètres de la fenêtre. Ils distinguaient les cercles gris que dessinaient ses hélices. Des caméras étaient fixées sur ses flancs. Les captifs redoublèrent d'appels et de gestes de détresse.

Leur allégresse fut douchée d'un coup par plusieurs détonations. Ils comprirent que leurs geôliers avaient tiré. De peur que ce ne fût sur eux, ils se reculèrent. Mais la cible était autre. Ils virent le drone vaciller, se balancer en dessinant une spirale dans l'air. Puis il plongea en piqué et s'abattit au sol, à l'arrière de la maison d'en face.

Les tireurs, dans la rue, poussèrent des cris de victoire.

— Tu crois qu'il a eu le temps de nous voir ? demanda Ismaïl.

— Probablement, mais est-ce que c'est bien nous qu'il cherchait ?

— Certainement. Que serait-il venu faire ici ?

Une certaine agitation régnait parmi les assaillants. Les hommes discutaient entre eux et devaient, eux aussi, s'interroger sur ce que signifiait cette intrusion. Alma, l'oreille tendue vers leurs conversations, essayait de deviner ce qu'ils allaient faire.

— Ils ont peur, souffla-t-elle.

— Peut-être vont-ils lever le siège..., hasarda Ismaïl.

— Attends ! Je reconnais la voix de mon oncle. Il a dû voir la scène et il est venu à la rescousse.

Elle mit un doigt sur sa bouche.

— Il leur ordonne de reprendre leurs places.

— Il est bien sûr de lui.

— Je pense qu'il a pas mal de monde dans sa poche, chez les policiers. Il doit savoir que ce n'est pas eux qui ont envoyé l'engin.

— Qui alors ?

— Gaëtan ? suggéra Ismaïl.

— Il a des drones ?

— Allez savoir !

Cette idée était un fil bien mince mais ils s'y accrochèrent.

— Qui est Gaëtan ? s'enquit Alma.

— Un Français qui vit ici depuis des décennies.

Alma secoua la tête.

— Aucun particulier n'a le droit de faire voler des drones dans ce pays, objecta-t-elle.

Mais ils se refusaient à abandonner cet espoir.

— Gaëtan n'est pas un particulier comme les autres, l'informa Ismaïl. Il connaît tout le monde.

Alma ne voulait pas les priver de leurs illusions et elle se tut.

L'attente reprit. La chaleur était intense en cet après-midi de grand soleil. Ils avaient faim et soif. Les hommes, dans la rue, piochaient dans des paniers de victuailles qu'avaient apportés les femmes. Malheureusement, Maria, la logeuse, campait toujours devant ses frigos et continuait d'affirmer qu'ils étaient vides. Chacun à leur tour, ils firent un semblant de toilette dans le petit recoin où était le lavabo. Puis ils se rassirent et somnolèrent en guettant, de temps en temps, les bruits du dehors.

Rien ne se passa jusqu'au soir.

Les ombres commençaient à s'allonger sur le sol et la pavane de lumière du crépuscule lançait ses premières notes quand des appels retentirent au loin. Ils venaient de la route au-delà du pont. Ils remontèrent de loin en loin et, finalement, les hommes de guet devant la pension les reprirent. Ils étaient tout à coup en proie à une grande agitation. Les prisonniers les observaient en silence.

— Ils s'en vont, souffla Ismaïl.

Il avait habitué ses compagnons à mettre en doute son optimisme. Cette fois encore, ils se gardèrent de le partager tout de suite.

Cependant, il fallut se rendre à l'évidence : les postes de garde se vidaient. Bientôt, ils semblaient tous déserts, à moins qu'une équipe minimale restât cachée quelque part, sur les autres côtés du bâtiment par exemple.

— C'est le moment, dit Ismaïl. Je cours jusqu'à la voiture et je l'approche. Vous vous tenez prêts en bas et vous embarquez avec moi dès que j'arrive.

— Si c'était un piège pour nous faire sortir ?

— Je ne sais pas si c'est un piège mais, en tout cas, c'est une occasion. Nous n'en aurons peut-être pas d'autre.

Pendant qu'ils discutaient, Alma, restée à la fenêtre, les appela.

— Écoutez !

Ils se turent et distinguèrent un bruit lointain, mécanique, sourd comme un vrombissement de moteur. La nuit était presque tombée lorsqu'ils aperçurent les phares de plusieurs véhicules lourds qui approchaient du pont. Ils entendirent ensuite vibrer les lattes de bois du tablier. Deux engins militaires montaient lentement la côte. Ils se garèrent devant la pension et ils purent lire sur leurs flancs le mot « Policia ». Plusieurs hommes en uniforme bleu, l'arme à la main, en sortirent. Derrière eux, le dernier à sauter à terre était un personnage rondouillard vêtu d'un short de surf et d'une chemisette à manches courtes.

— Grobert ! s'écria Aurel.

Ils rentrèrent vers Tirana en convoi, le 4 × 4 prêté par Gaëtan en tête et un des deux blindés comme escorte. L'autre, avec le gros des forces de police, était allé ratisser le village pour chercher l'oncle et les cousins d'Alma.

Grobert était monté dans la voiture avec les otages qu'il avait fait libérer. Il ne fallait pas compter sur lui pour avoir le triomphe modeste.

— On ne peut pas dire que je ne t'avais pas prévenu que c'était dangereux.

Aurel, fatigué de le remercier, opinait en silence avec un air soumis.

— Au bout de trois jours sans nouvelles, on avait de toute façon décidé d'intervenir. Notre ambassadrice préférée nous avait donné son feu vert.

— Vous saviez où nous nous trouvions, avec le tracker de la voiture, c'est bien cela ? voulut savoir Ismaïl.

— Le tracker, c'est bien joli mais ça ne localise que la voiture. Ils auraient pu vous emmener ailleurs.

— Et le drone ?

— Il a confirmé que vous étiez retenus à la pension, concéda Grobert de mauvaise grâce. Mais nous étions déjà en route.

Il ne semblait pas très heureux d'avouer que le drone avait joué un rôle essentiel.

— Qui l'a envoyé, ce drone ? demanda Aurel, heureux de rabattre un peu les prétentions du commissaire.

Car il se doutait de la réponse.

— Votre ami Gaëtan. Il l'avait commandé, semble-t-il, pour remplacer celui du ministère de l'Intérieur. Apparemment, le contrat n'était pas encore signé et il le gardait chez lui en attendant.

— Autrement dit, il a sacrifié un drone pour nous !

— Il se rattrapera, n'ayez crainte.

La radio VHF de Grobert se mit à crachoter.

— Ici, Alpha Papa !

— Roméo Tango, j'écoute. C'est Mihal, le gars qui commande le détachement, expliqua Grobert. Il est dans l'autre blindé.

— Nous n'avons trouvé personne dans le village. Tous les mafieux ont pris la fuite.

— Ils sont sûrement déjà au Kosovo. Vous rentrez ?

— Oui. On a fouillé la maison du chef. On n'a trouvé que deux femmes qui se disent garde-malade et un vieillard qui nous a regardés de haut et n'a pas dit un mot.

— Mon grand-père ! dit Alma.

— Laissez-le tranquille.

— OK. On rentre.

— Bon boulot, Mihal. À demain.

Il ajouta fièrement, à l'intention d'Aurel :

— C'est un flic épatant. Il a été formé en France.

Ils n'avançaient pas très vite. La route de nuit était mal signalisée et, de toute façon, le blindé d'escorte ne pouvait pas dépasser les cinquante à l'heure.

Ils s'arrêtèrent à Shkodër pour dîner. Ils trouvèrent un restaurant traditionnel ouvert. Dans une grande cour entourée de galeries en bois, tout un car de touristes espagnols finissaient leur repas, en enchaînant les verres de raki. Les traditions albanaises prenaient pour eux le visage de ces serveurs en tenue folklorique, de ces vieux instruments agricoles conçus pour être tirés par des chevaux qui servaient désormais de décoration. Tout cela était à la fois sympathique et mort. Pouvaient-ils se douter qu'installés à une table d'eux se tenaient trois personnes rescapées de traditions cruelles venues du fond des âges et toujours vivantes ?

Aurel, comme un poisson qu'on rejette à l'eau, siphonna sans respirer deux bouteilles de blanc.

Ils somnolèrent tous dans la voiture et s'éveillèrent quand le convoi s'arrêta devant la résidence. Il était quatre heures du matin. Amélie les attendait.

XIX

Gaëtan organisa un grand dîner chez lui deux jours après leur retour. Aurel n'avait quitté son appartement que pour aller chercher des pizzas et du vin. Le reste du temps, il était resté couché, s'abandonnant au sommeil comme on prend un médicament.

Alma s'était installée à la résidence. Elle était méconnaissable. Amélie l'avait emmenée faire des courses dans le grand magasin du coin, réplique albanaise du Bon Marché, et elles avaient déjeuné ensuite au restaurant du dernier étage. La complicité avait été immédiate entre les deux femmes, comme si chacune avait reconnu chez l'autre ses propres qualités, magnifiées par le fait qu'elles se déployaient dans le cadre d'une autre culture. Elles riaient beaucoup, passaient du temps à se coiffer l'une l'autre, allaient goûter le soir dans des tavernes albanaises des plats dont Alma détaillait savamment la recette. Quand Aurel passa les voir avant d'aller dîner chez Gaëtan, il trouva Amélie si heureuse, si exaltée qu'il fut persuadé qu'il y avait entre elles une amitié bien particulière.

Ils prirent la voiture tous les trois pour se rendre à Durrës et arrivèrent à la maison de Gaëtan à la nuit tombée.

Il avait également convié Grobert, qui avait d'abord décliné. Convaincu que c'était par discrétion, talent dont le commissaire ne faisait pourtant que rarement usage, Gaëtan avait insisté et Grobert s'était laissé convaincre. Il portait pour l'occasion une tenue recherchée, veste en lin et pantalon blanc au pli impeccable. Elle lui était si peu habituelle qu'elle le rendait emprunté et presque timide.

Comme le commissaire était arrivé un peu en avance, il avait trouvé Gaëtan assis à une grande table devant la statue de la Liberté. Plusieurs paires de chaussures étaient posées dessus et il s'employait à les cirer, tâche que, pour rien au monde, il n'aurait confiée à quelqu'un d'autre.

— Ma collection vous plaît ?

Grobert remarquait que chaque paire était d'une taille différente, détail qui rendait peu probable qu'elles appartiennent à Gaëtan.

— Je les ai presque toutes, reprit celui-ci en montrant les chaussures. Certaines ont été plus difficiles à trouver que d'autres. Les marron, là-bas, étaient à Mitterrand. Je les ai achetées quand sa veuve a vendu sa garde-robe. Vous reconnaissez facilement Chirac, les paquebots noirs juste devant. Acquis chez Drouot. Macron m'a donné les siennes quand il est venu ici. Ce sont celles que je suis en train de faire briller.

Grobert se prit au jeu.

— Les petites noires tristes, ici, François Hollande ?

— Vous avez l'œil. Valérie Trierweiler les a fauchées pour m'en faire cadeau. Le seul qui fasse de la résistance, à votre avis ?

— Sarkozy.

— Exact. Mais Carla me les a promises. J'y arriverai.

Gaëtan replaça son petit matériel dans une boîte.

— Mon rêve, ce serait celles du Général. Mais c'est plus dur encore à trouver que les bottes de Napoléon.

Pendant que Gaëtan rangeait sa collection, Grobert regardait les cadres accrochés au mur. Dans l'un d'eux, le portrait d'un officier l'intrigua. Il lui trouvait une vague ressemblance avec Gaëtan mais la photo était d'une autre époque.

— Mon oncle Gaëtan. Il a été fusillé par les nazis en 44 dans les maquis de l'Ain. Mon père a tenu à ce que je porte son prénom.

— Ça vous a influencé ?

Gaëtan regarda Grobert. On pouvait penser de lui ce qu'on voulait mais le policier connaissait les hommes.

— Certainement. J'ai cherché l'aventure, l'engagement, le risque. Comme mon oncle, le héros de la Résistance. Mais quand je suis venu au monde, on ne trouvait plus cela en France. Voilà sans doute ce qui m'a amené ici…

À cet instant, Aurel entrait avec les deux jeunes femmes. Elles embrassèrent Gaëtan puis Amélie entraîna son amie en riant, pour lui montrer les animaux empaillés.

Ils s'installèrent sur la terrasse pour boire un verre.

— Tu me dois un deuxième drone, Amélie, commença Gaëtan, en prenant un air sévère.

— Ce n'est pas ma faute s'il y a trop d'aigles dans ce pays !

Elle raconta pour Alma l'histoire du premier drone.

— Vous avez eu de la chance que j'aie pu être livré aussi vite, reprit Gaëtan. J'avais passé commande en Italie après le dîner avec la ministre. Ils avaient l'appareil en stock et il est arrivé presque tout de suite.

— Qui vous a prévenu que nous étions en difficulté ? demanda Aurel.

Gaëtan se tourna vers Grobert, qui répondit en s'efforçant à la modestie.

— J'avais bien averti Aurel que le coin était dangereux et qu'il prenait des risques à aller fourrer son nez dans cette affaire, surtout là-bas. Alors, j'ai ouvert l'œil et, sans nouvelles au bout de trois jours, j'ai prévenu madame l'Ambassadrice.

— Vous nous avez sauvés, Gaëtan, dit Alma. Comment pouvons-nous vous remercier ?

— Mais… en étant ici ce soir ! Dites-moi, chère Alma, vous parlez un français parfait.

Elle baissa les yeux puis se redressa avec une expression de défi.

— Mon père tenait à ce que je l'apprenne, comme il l'avait appris lui-même. Il le parlait avec moi. Après… son départ, j'ai choisi cette langue à l'école. C'était une manière de penser à lui.

Sur un signe du serveur, Gaëtan invita tout le monde à passer à table. Grobert ouvrit la discussion quand ils furent installés.

— Est-ce indiscret de vous demander ce que vous comptez faire, madame ? dit-il en regardant Alma.

— À quel sujet ?

— Eh bien, par rapport à la mort de votre père. Vos oncles et vos cousins vous ont séquestrée parce qu'ils avaient peur que vous les dénonciez. Allez-vous le faire ?

— Ces policiers ! plaisanta Gaëtan. Il faut toujours qu'ils enquêtent. Vous n'êtes pas obligée de vous soumettre à cet interrogatoire, Alma.

La jeune femme hésita.

— À vrai dire, je ne sais pas. Que me conseillez-vous, monsieur Grobert ?

— Il me semble que vous courez un grand risque à porter plainte, pour un résultat très hypothétique.

— Tout de même, intervint Amélie, si elle raconte l'histoire à la justice, ces salauds auront des ennuis, et mettre des gens comme cela en prison, ce n'est pas inutile.

— Des ennuis, les mafieux en ont toujours, répliqua Grobert, ils sont habitués. Dans ces milieux, la vie est précaire. Mais pour ce qui est de les mettre en prison, je n'y crois guère.

— Et pourquoi ?

Gaëtan déplaçait le plateau tournant pour que les convives se servent mais tout le monde attendait la réponse du commissaire.

— L'assassin n'est pas l'un d'eux et ils l'ont fait supprimer pour effacer les traces. Que peut-on leur reprocher ? D'avoir fait tomber votre père dans un piège ? Mais c'est vous qui avez signé la lettre qui lui fixait rendez-vous. Vous direz qu'ils ont imité votre signature, mais comment le démontrer ? De toute manière, cette lettre, on ne l'a pas retrouvée.

— C'est normal. Sur le texte qu'ils avaient préparé, ils avaient mis un post-scriptum qui demandait à mon père de détruire le message, par sécurité.

— Vous voyez : vous ne pourrez rien prouver. Les mafieux savent très bien se défendre. Avec un bon avocat et quelques milliers d'euros distribués çà et là, ils s'en sortiront. Mais ils ne vous le pardonneront jamais et, où que vous soyez, ils vous retrouveront.

Alma ne répondit pas. Amélie se tourna vers elle avec un regard apeuré. Aurel nota que, discrètement, elle prenait la main d'Alma dans la sienne sous la table.

— Vous avez certainement raison, dit enfin celle-ci. En vérité, tout cela m'est égal. Je n'ai pas envie de me venger. Si je devais en vouloir à quelqu'un d'ailleurs, ce serait seulement à mon grand-père. Je n'oublierai jamais son regard quand il a refusé de pardonner.

Elle marqua un temps et baissa les yeux. Tous respectèrent son silence. Soudain, elle releva la tête.

— Je ne veux pas de vengeance, reprit-elle au bord des larmes. Je n'en peux plus de ces siècles de haine et de crimes. C'est tout ce que j'ai toujours voulu fuir.

Aurel n'était pas très à l'aise avec ces effusions. Il intervint pour remettre la discussion sur des rails plus concrets et lui donner un tour plus optimiste.

— L'essentiel maintenant est de régler au plus vite la question de la succession. Votre père a laissé une fortune considérable. Elle est à vous, désormais. J'ai appelé le notaire chargé de l'affaire. Il vous attend pour signer les documents.

— Merci. J'irai. Mais je vous avoue que je redoute un peu de me retrouver là-bas. Ce domaine où mon père a vécu toutes ces années avec une autre famille… J'imagine que ce sont des lieux chargés de souvenirs qui ne sont pas les miens.

À la surprise des assistants, Amélie intervint. Alma elle-même parut étonnée par ses propos, comme si elles n'avaient pas encore évoqué le sujet.

— Je vais accompagner Alma là-bas. Je pense qu'elle aura besoin de soutien pour affronter tout cela.

Elles se regardèrent et, après un temps d'hésitation, Alma sourit à l'ambassadrice. Aurel, gêné, prit sur lui de refroidir l'ambiance.

— Je tiens quand même à soulever un point délicat.

— Lequel ? dit Gaëtan qui en voulait un peu à Aurel de jouer les trouble-fête.

— Votre autre oncle, madame.

— Le frère de mon père ?

— Artur. Celui qui est pope, ou plutôt l'était, car il semble avoir quitté les ordres.

— C'est ce que m'a confirmé le métropolite, déclara Gaëtan.

— Selon le droit albanais, il se peut qu'il soit partie prenante dans l'héritage de votre père. Normalement, c'est la législation française qui s'applique mais il pourrait présenter un recours et empêcher de boucler la succession.

— On a une idée de l'endroit où il se trouve ? demanda Grobert.

— Aucune. Et cela fait partie du problème.

Les regards se tournèrent vers Alma. Elle posa lentement son verre puis sourit.

— Il n'y aura *aucun* problème. Je connais Artur et j'imagine déjà sa réaction. Il n'a jamais vécu hors de ses montagnes. Il a été entièrement façonné par ce monde, ces traditions. Il ne changera pas. Il est trop tard pour lui. Son idéal sera toujours la pauvreté, une vie simple. Il nourrit une véritable haine pour l'argent. Il n'engagera jamais aucun recours. Au contraire, s'il réapparaît, c'est moi qui lui proposerai de tout partager. Et malheureusement, il refusera.

Le dîner se poursuivit sur une tonalité plus légère. Gaëtan raconta mille histoires à propos des entreprises qu'il avait créées. Quelques-unes avaient été couronnées de succès mais la plupart étaient des passions éphémères et ruineuses. Il concevait les affaires comme des aventures poétiques et une prolongation de ses rêves.

L'assemblée, l'alcool aidant, devint très gaie. Ils insistèrent pour qu'Aurel donne un petit concert. À la différence du dîner avec la ministre où il était resté seul devant l'instrument, contraint de s'en tenir au répertoire prévu, ils s'assemblèrent autour de lui et tous reprirent en chœur le refrain des chansons. Il fit de longues improvisations, stimulé par les bravos et la gaieté générale.

Dans la nuit qui avançait, l'assistance s'apaisa. Amélie et Alma, assises côte à côte sur un canapé, se parlaient sans se quitter des yeux. Grobert fumait un cigare que lui avait offert Gaëtan et celui-ci rêvait en regardant, à travers la baie vitrée, la lune dessiner des signes énigmatiques sur le tronc des pins.

Aurel s'efforçait de rester dans une tonalité joyeuse mais, à mesure que l'heure tournait, il glissait doucement vers une inspiration plus mélancolique.

Amélie allait partir. Que ferait-il seul dans ce pays qui le ramenait si douloureusement à son passé ? Son unique espoir, finalement, était le coup de fil du sénateur Mauvignier qu'il avait reçu juste avant de venir. Le politicien pensait pourtant lui annoncer une mauvaise nouvelle. Les élections qui venaient de se tenir le privaient de son poste à la commission des Affaires étrangères. Les persécuteurs du petit consul allaient certainement en profiter pour relever la tête. Il devait s'attendre à être rappelé à Paris.

Aurel jouait l'*Hymne à l'amour* et souriait.

Épilogue

L'homme recouvrit de branchages le trou creusé dans la terre où il avait dormi. Le temps d'automne était venteux et déjà froid. Une première neige blanchissait les sommets. Il resserra autour de lui le grand manteau de laine qui lui avait aussi servi de couverture pendant la nuit.

Sa barbe noire était semée de brindilles et d'aiguilles de pin. De loin, il pouvait avoir l'air d'un berger. Ou d'un pope car, s'il s'était débarrassé de son chapeau et de sa croix, ses longues années au service de Dieu lui avaient donné pour toujours cette silhouette droite, la tête légèrement inclinée en signe de soumission et ces longues mains ouvertes, l'index et le majeur étendus pour bénir.

Il ramassa une besace de toile qui contenait tout son bien, c'est-à-dire un chandail rapiécé, une bible et, depuis peu, un pistolet.

Il descendit vers la vallée dont le fond était, à cette heure matinale, couvert de brume froide. Il ne croisa personne jusqu'au pont de bois, à l'entrée de Tropojë. Au lieu de le traverser, il continua le chemin qui remontait vers les collines. La maison était la dernière du village. Son crépi n'était pas achevé, laissant à nu plusieurs murs de brique.

Il y était venu si souvent, à l'époque de son ministère, que les chiens, derrière la clôture, ne se donnèrent pas la peine d'aboyer.

Aucune voiture n'était garée sur l'aire de stationnement, d'habitude si encombrée. Depuis le passage de la police, les grosses cylindrées immatriculées en Suisse n'étaient pas réapparues. Tout était calme.

Il aperçut au loin un grand rapace qui faisait des tourbillons dans le ciel et s'arrêta pour le regarder. L'oiseau se rapprocha et il reconnut un aigle. Il y vit un signe. Saint Jean, l'annonciateur de l'Apocalypse, le tenait sous sa protection et sanctifiait ce qu'il allait accomplir.

Il poussa la porte du jardin et entra par l'arrière de la maison. La cuisine vide sentait la graisse froide et le savon noir. Il alla jusqu'à l'évier et se servit un grand verre d'eau. Il avait faim mais l'heure n'était plus à rassasier son corps. Il sortit de la cuisine et se trouva plongé dans l'obscurité de corridors qu'heureusement il connaissait par cœur. Il s'orienta sans peine vers l'escalier et gravit les premières marches. Une voix venait du jardin.

— Il y a quelqu'un ? criait une femme.

Mais la peur ôtait de la force à ses paroles.

L'homme recommença à monter. Deux portes ouvraient sur le palier. C'était la seule difficulté. Celui qu'il cherchait vivait dans une des pièces et la garde-malade dans l'autre. Il hésita sur le côté à choisir. La mémoire, sur ce point, lui faisait défaut. Il pensa à l'aigle qui, croyait-il, le guidait, et il ouvrit la porte de droite.

Le vieillard se tenait là, étendu sur son lit étroit, à demi assis, le dos appuyé sur plusieurs oreillers. Il dormait.

Il ne fallait pas qu'il dorme. L'homme posa brutalement sa besace sur le sol et le bruit mat éveilla le vieillard. Il écarquilla les yeux, sonda la pénombre et vit l'intrus debout devant lui, une arme à la main.

— Artur, souffla-t-il.

Le patriarche avait compris. Il savait que cette heure viendrait. Elle *devait* venir, selon la loi du sang qu'il avait toujours scrupuleusement respectée.

— Souviens-toi de Marsel, mon frère, dit le pope à haute et intelligible voix.

Le vieil homme garda les yeux ouverts, avec une expression de défi.

La balle l'atteignit en plein front.

Au même instant, à Lignières, Alma s'éveilla en criant. Elle ne s'était pas encore habituée à cette chambre immense, à ces meubles noirs, aux lambris sur les murs, et elle se demanda un instant où elle se trouvait.

Une jument qui devait mettre bas cette nuit-là hennit du côté des écuries. Un palefrenier, sans doute, était déjà auprès d'elle.

Alma sourit et se rendormit.

Artur approcha du corps qui était tombé en avant, la face contre les draps et, selon la loi, il le redressa.

Puis, appuyant le canon de son arme contre sa propre tempe, il fit feu.

À l'article 958, le Kanun dit :
« Celui qui se tue lui-même, son sang reste perdu. »

Le cercle de la vengeance était refermé pour toujours.

Postface de l'auteur

Comme toujours dans les œuvres de fiction, le véridique est souvent l'ennemi du vraisemblable.

L'Albanie est un pays qui permet de mesurer, plus qu'ailleurs je pense, l'écart entre ce que l'on observe et ce que l'on est prêt à croire. L'histoire de ce pays, ses traditions, les personnes qu'on y rencontre réservent tant de surprises que la réalité y paraît souvent, au sens propre, incroyable.

Mon premier voyage en Albanie eut lieu juste après la chute du communisme, au début des années 90. Ce pays, coupé du monde pendant un demi-siècle, avait vécu sous le joug d'une dictature inspirée de Staline et de Mao. Elle les avait dépassés en violence et en absurdité. Je garde un souvenir bouleversant des bunkers en forme de champignon dont chaque maison devait être dotée, dans la perspective sans cesse annoncée par la propagande d'une attaque du pays par les armées impérialistes.

La chute du régime a ouvert une période non moins folle. Cette malheureuse population, ignorant tout du système capitaliste, était sans défense devant des aigrefins qui prétendaient lui vendre du rêve. Tout le monde trouvait normal de recevoir des offres financières alléchantes qui promettaient des rendements mirifiques sur l'argent placé. Il s'agissait bien évidemment de pyramides de Ponzi, montage financier bien connu partout ailleurs. Les intérêts sont payés au début grâce aux versements des nouveaux souscripteurs mais le système finit immanquablement par s'effondrer, en ruinant tout le monde (sauf les escrocs, bien entendu). On a du mal à croire qu'un pays entier ait pu tomber dans un tel piège. C'est pourtant bien ce qui s'est passé, et plusieurs millions de personnes se sont retrouvées dans la misère, entraînant une révolte populaire et une véritable guerre civile en 1997.

Je suis retourné en Albanie l'an dernier pour préparer ce livre, avec Ingrid, ma compagne, et j'ai pu mesurer le chemin parcouru. Les bunkers ont disparu ; des routes, des ports, des hôtels modernes ont été construits. Le pays est devenu, à juste titre, une destination touristique à la mode.

La singularité albanaise est moins visible mais elle n'a pas disparu. On la trouve notamment dans les traditions qui, au cours des siècles, ont façonné ce peuple.

Longtemps soumis à des invasions (des Grecs, des Romains, des Vénitiens, des Ottomans, et d'autres), le pays, notamment dans ses montagnes, s'était organisé à l'écart de tout contrôle étatique. Des lois non écrites régissaient, depuis des temps immémoriaux, tous les actes de la vie : la propriété, le mariage, l'hospitalité… Un système judiciaire autonome définissait les offenses et les châtiments, réglait les litiges et organisait les vengeances. Ce corpus de lois s'est formalisé au cours du temps et a été colligé au XVe siècle sous le nom de Kanun de Lekë Dukagjini. On peut l'acheter en traduction française, en particulier à la librairie du couvent des Franciscains de Shkodër. L'ouvrage expose en détail le mécanisme des vendettas. D'autres pays connaissent ces pratiques mais la spécificité albanaise est de leur fournir un cadre détaillé, d'une si grande complexité qu'il nécessite parfois l'emploi de sages pour l'interpréter. Ces vendettas peuvent être la cause de plusieurs dizaines de morts, à travers les générations, entre deux familles.

Elles n'ont plus aujourd'hui, certes, l'ampleur dramatique qu'elles ont pu atteindre dans le passé. Toutefois, elles subsistent.

Ismaïl Kadaré leur a consacré une œuvre majeure, le roman Avril brisé, *dans lequel il décrit ces pratiques mais sans situer l'époque de l'action. Le cinéaste Cizia Zykë, lui, a recueilli des témoignages contemporains de ces vendettas, en interrogeant face caméra des auteurs de crimes d'honneur. Ce document rare atteste l'actualité de ces pratiques. On en retrouve probablement l'écho dans les crimes perpétrés par les mafias albanaises opérant en Europe, qui se caractérisent par leur code d'honneur et leur cruauté.*

Je tiens à remercier mon ami Julien Roche de m'avoir permis de découvrir ce pays et de m'avoir éclairé sur sa richesse culturelle. Je lui dois aussi de m'avoir inspiré le personnage de Gaëtan qui joue un rôle essentiel dans ce roman. Ici encore, vérité et vraisemblance ne vont pas de pair. Ce personnage, sa maison, son histoire personnelle pourront paraître difficiles à croire. La girafe empaillée, la collection de chaussures présidentielles, le commerce de la sauge et des grenouilles sont pourtant strictement fidèles à la réalité que découvrent ceux qui ont la chance de rendre visite à Julien dans sa belle maison près de Durrës. Grâce à la connaissance intime qu'il a de ce pays depuis près de quarante ans, j'ai pu rencontrer de fascinantes personnalités, issues de tous les milieux. Une mention particulière doit être faite de Mme Mirela Kumbaro-Furxhi, ministre du Tourisme et de l'Environnement qui, malgré la lourde charge gouvernementale qu'elle assume, a pris le temps d'organiser notre séjour et m'a fourni de précieuses introductions.

*En revanche, je tiens à dire clairement que l'actuelle ambassadrice de France en Albanie n'a en rien servi de modèle à l'Amélie du roman. Ce personnage a fait son apparition dans un livre précédent (*Le Flambeur de la Caspienne*) et d'autres rencontres l'ont inspiré, bien avant que je ne séjourne en Albanie pour préparer ce livre.*

DU MÊME AUTEUR (SUITE)

ROMANS

L'Abyssin, Gallimard, 1997 ; Folio, 1999
Prix Goncourt du premier roman
Prix Méditerranée
Sauver Ispahan, Gallimard, 1998 ; Folio, 2000
Les Causes perdues, Gallimard, 1999 ; Folio, 2001
Prix Interallié
Rouge Brésil, Gallimard, 2001 ; Folio, 2003
Prix Goncourt
Globalia, Gallimard, 2003 ; Folio, 2005
La Salamandre, Gallimard, 2005 ; Folio, 2006
Le Parfum d'Adam, Flammarion, 2007 ; Folio, 2008
Katiba, Flammarion, 2010 ; Folio, 2011
Le Grand Cœur, Gallimard, 2012 ; Folio, 2014
Le Collier rouge, Gallimard, 2014 ; Folio, 2015
Prix Maurice Genevoix
Check-point, Gallimard, 2015 ; Folio, 2016
Le Tour du monde du roi Zibeline, Gallimard, 2017 ; Folio, 2018
Les Sept Mariages d'Edgar et Ludmilla, Gallimard, 2019 ; Folio, 2020
Les Flammes de pierre, Gallimard, 2021
D'or et de jungle, Calmann-Lévy, 2024

NOUVELLES

Sept histoires qui reviennent de loin, Gallimard, 2011 ; Folio, 2012

RÉCITS

Un léopard sur le garrot, Gallimard, 2008 ; Folio, 2009
Immortelle randonnée. Compostelle malgré moi, Guérin, 2013 ; éd. illustrée, Gallimard, 2013 ; Folio, 2014

Essais

L'Empire et les nouveaux barbares, Jean-Claude Lattès, 1991 ; Pluriel, 1992

Le Piège. Quand l'aide humanitaire remplace la guerre, Jean-Claude Lattès, 1986 ; Pluriel, 1993

La Dictature libérale, Jean-Claude Lattès, 1994

L'Aventure humanitaire, Gallimard, 1994

Montagnes humaines, dialogue avec Fabrice Lardreau, Arthaud, 2021

Ouvrages collectifs

Aventuriers du monde. Les grands explorateurs français au temps des premiers photographes, 1866-1914, L'Iconoclaste, 2003

Collection Quarto

Aventures heureuses. Romans historiques, Gallimard, collection « Quarto », 2022

Carnet de voyage

Sur le fleuve Amazone, texte, aquarelles et dessins de l'auteur, Calmann-Lévy, 2024

Composition et mise en pages
Nord Compo à Villeneuve-d'Ascq
Achevé d'imprimer en mars 2025
sur Roto-Page par l'Imprimerie Floch à Mayenne
pour le compte des Éditions Calmann-Lévy
21, rue du Montparnasse 75006 Paris
commercial@calmann-levy.fr

PAPIER CERTIFIÉ

CALMANN LÉVY s'engage
pour l'environnement en réduisant
l'empreinte carbone de ses livres.
Celle de cet exemplaire est de :
400 g éq. CO_2
Rendez-vous sur
www.calmann-levy-durable.fr

N° d'éditeur : 8811715/02
N° d'imprimeur : 106624
Dépôt légal : avril 2025
Imprimé en France